リーズ⑧

獣の一句

奥坂まや

maya okuzaka

ふらんす堂

鳥獣の一句*目次

鳥獣の一句

凡　例

○本書は、二〇一二年一月一日から十二月三十一日にわたり、ふらんす堂のホームページに連載された「鳥獣の一句」を一冊にまとめたものです。
○本文の終わりに出典、太字で季語と季節を示してあります。
○俳句作品に読みがな（ルビ）をつけて、読みやすくしました。ルビはすべて新仮名遣いで表記してあります。
○常用漢字は新漢字を用いました（たとえば蛍・滝・仏など）。ただし一部人名などこの限りではありません。
○巻末に季語・俳句作者名の索引を付しました。

一月

1日

なまけものぶらさがり見る去年今年

有馬朗人

ナマケモノはたとえ動いたとしても、思わず「鈍《のろ》いッ」と声をあげたくなるくらい、ゆっくりだ。たいがい、枝にぶらさがったまま。しかも眼の上が黒い毛の線で覆われて垂れ目のように見え、眺めていると、こちらが眠くなる。周りの空気が、とろみを通り越して粘液質を帯びてきてしまう。年が変わろうともまったく変化のない状態。やはりコイツは仙人の類だ。(『立志』) 季語＝去年今年（新年）

2日

元日や晴れてすずめのものがたり

嵐雪

小さいころ「聞き耳ずきん」の昔話が大好きだった。鳥やけものの会話が分かる真赤な頭巾が欲しかった。ドリトル先生ただ独りしか理解できないはずの言葉が、あの頭巾さえ被れば誰でもオッケーなのだ。でも俳句を始めたら、鳥の鳴声に耳を澄ます機会が多くなって、少しは分かるように思えてきた。よく晴れた元日なら、きっと楽しい話をしてくれるだろう。(『其袋』) 季語＝元日（新年）

3日

餅花やかざしにさせる嫁が君　芭蕉

俳句を始めて「嫁が君」の季語を知り、感動した。鼠は弥生時代から米を狙う天敵で、高床式倉庫はその対策で作られたと習ったぐらいなのに、俳句では「おむすびころりん」のような、鼠との親しくも麗しい関係が未だ生きていたのだ。そういえば、火に巻かれて危なかったときに大国主命を助けたのも鼠だった。餅花を簪にしているなんて、なんと可憐な鼠！

（『堺絹』）季語＝餅花・嫁が君（新年）

4日

帆柱に来て初声を高めけり　茨木和生

鷗か海猫か、はた百合鷗か。声はそれぞれ違うが、いずれにしても海鳥の鳴いているのを耳にすると遥けき想いにおそわれる。たとえ海が見えていなくても、渺々《びょうびょう》とした大海原が胸に拡がる。繋留してある船の上で、次第に高まってゆく鳴声。「帆」の一字が、私たちの先祖が海を越えて、はるばるこの島国に到達したときの息吹を伝えてくれる。（『往馬』）季語＝初声（新年）

5日

凡《およ》そ天下に鵯《ひよ》の号令今朝の春

松本　翠

鵯鳥は、私たちにとっては身近な鳥のひとつだが、分布は限られ、欧米では全く見られない。知人の家に滞在していたハンガリーの鳥類学者が、毎朝ベランダにやって来る鵯を感激して観察していた。てきぱきとした鵯の鳴声なら、お正月ののんびり心に活を入れてくれそうだ。「起立、礼、着席」の号令で一糸乱れず動作を行なっていた、小学生のころを思い出した。

（『鵯の号令』）季語＝今朝の春（新年）

6日

騎馬始怒濤の端を行きにけり

山田径子

何頭もの馬が、砂を撥ね上げながら海べりを疾走していく。馬身は新たな年を迎えるにあたって、鏡のように磨きあげられていることだろう。すさまじい音をたてて荒波が寄せてくる。繁吹《しぶき》が馬にかかって輝く。いつしか一句の裡の光景は、急峻な山坂を駆け降りて、母衣《ほろ》をはらませ鎧兜を煌かせながら、海際に陣取る平家に襲い掛かる義経の一隊とも見えてくる。

（『径』）季語＝騎馬始（新年）

7日

鯨の尾祈りのかたちして沈む　仲　寒蟬

昨年の平成二三年は大いなる災厄の年だった。年を送るに際して、止むに止まれぬ思いで祈りを捧げられた方も沢山居られたと思う。巨大な尾が、一瞬、海面から屹立し、海原を激しく叩いて没してゆく。たしかにあれは、太古に母なる海へと帰っていった、この星最大の哺乳類が、自然を冒瀆することも辞さない人間の非道を天に訴える形なのかもしれない。（『海市郵便』）季語＝鯨（冬）

8日

生きて来し汚れ白鳥にもありし　今瀬剛一

私たちの文化は、鳥獣虫魚草木と人間の間に優劣をつけない、という点では際立っていると思う。この作品も、白鳥を地球上で生死を共にする仲間として、共感と愛情をもって眺めている。なるほど間近で見ると白鳥は案外よごれているが、それは遥かシベリアからの壮絶な渡りを成し遂げて生き抜いている、生の汚れに他ならない。生きとし生けるものの、あわれ。（『大祖』）季語＝白鳥（冬）

9日

大いなる虚空に巣くふ鷲であれ　長谷川　櫂

『荘子』は北の大海・北溟に棲む鯤《こん》という巨大魚の話で始まる。幾千里ともしれない大きさの鯤が鳥に姿を変え、鵬となる。鵬もまた何千里もの長さの翼をもち、飛翔すれば天空の雲と区別がつかないという。この句の不可視の鷲も、虚空全体を領して羽ばたき、いつかは鵬の目指した、世界の涯に到らんという輝かしい夢を育んでいるにちがいない。（『初雁』）季語＝鷲（冬）

10日

日の鷹がとぶ骨片となるまで飛ぶ　寺田京子

前日の鷲とは対照的に、この飛翔には、ひりひりとした孤独を感じる。峻烈な臨済禅を開いた義玄の「仏に逢えば仏を殺し、祖に逢えば祖を殺し、父母に逢えば父母を殺し」の言葉のように、嘴を喪い、眼を喪い、翼を喪い、ありとあらゆる執着や束縛を打捨ててなお、光の裡を疾風の速度で突き進んでゆく一羽。純粋結晶体となって、私たちの眼には、もう見えない。（『日の鷹』）季語＝鷹（冬）

11日

絶滅のかの狼を連れ歩く　三橋敏雄

狼は太古、「大神」だった。私たちは畏怖すべきものを神と呼び、殺さなければならない時でも、畏れ敬う心は忘れなかった。自然と睦んで生きていた縄文時代以来の感覚が喪われていなかったのだ。近代がやって来て、あっという間に狼は滅んだ。私たちが絶滅させた。もはや、颯爽と走りゆく姿が見え、遥かな鳴声が聞こえるのは、この句の密閉された空間のみ。（『眞神』）季語＝狼（冬）

12日

寒鴉己《し》が影の上におりたちぬ　芝　不器男

すぐれた写生句は時として、ある一瞬を完璧に切り取り、その結果、現実から隔絶した世界を成り立たせてしまうことがある。この句の世界には、漆黒の鴉とその影しか存在しない。空も無ければ、大地も無い。真空の只中に、巨大な影が水平に拡がり、その影がこれも巨大な鴉を載せて浮かんでいる。時間も断ち切られているので、両者は永遠にそのまま。（『天の川』）

季語＝寒鴉（冬）

13日

寒鴉老太陽を笑ふなり　小澤實

朝日と共に鳴きながら活動を開始し、夕日と一緒にねぐらへ帰るせいか、世界の様々な民族の伝説の中で、鴉と太陽はとても仲が良い。日本サッカー協会のシンボルマークでおなじみの三本足の鴉は、中国では太陽の中に棲んでいるし、アイヌの神話でも地に隠れた太陽を戻したのは鴉とされる。寒鴉の笑いも、元気のない冬の太陽を奮起させるために違いない。（『瞬間』）　季語＝寒鴉（冬）

14日

奥歯あり喉あり冬の陸奥の闇　高野ムツオ

この闇は、すごく獰猛な獣だ。積もった雪の上に居て、さらに雪と風を吐き続ける。雨戸を立てた家の中で蒲団にくるまっていてさえも、命を取らんとする獣の咆哮が迫ってくる。いわんや、外をひとりで歩いていようものなら、荒れ狂う雪で視界を閉ざされ、いくら食べても満たされない餓鬼のような獣が、嚙み砕き、呑み込もうと襲ってくるだろう。（『雲雀の血』）　季語＝冬（冬）

15日

寒凪やはるかな鳥のやうにひとり　清水径子

晶々たる寒気のなか、海は静かに凪ぎわたっている。天空のはるかな高みに鳥がたった一羽、飛んでいるのが見える。広大な空間の小さな小さな一点と自らを同一視することにより、この句における「われ」は、まるで「創世記」に描かれた、この世界に初めて造り出された人間、未だイヴを知らないアダムのようだ。孤独という感覚を知る以前の、たった一人の存在。

（『鶸』）季語＝寒凪（冬）

16日

海に鴨発砲直前かも知れず　山口誓子

穏やかな海原に、鴨の群れが浮いている。気持よく眠っているものも居そうだ。しかし、大気は只ならずこわばり、しだいに張詰めてくる。何かが起こりそうな予感。息詰まる緊張が頂点に達した時、発砲によって撃たれるのは、はたして鴨だろうか。銃砲が向いている先は、海ではないかもしれない。戦争のさなかにも「発砲直前」の状態は、常に存在するのだから。

（『和服』）季語＝鴨（冬）

17日

馬もまた歯より衰ふ雪へ雪　宇佐美魚目

馬は、大昔から私たち人間と最も親しい生きもののひとつだろう。最近でこそ乗馬用しか見られなくなったが、長く運搬用や耕馬として日常の労働の友であった馬が、人間と同じように歯から衰えて、食べることが不自由になってしまった切なさ。積雪へさらに降り積もる雪が東北を思わせ、馬を大事にし、ひとつ屋根の下に生活を共にした歴史が偲ばれる。（『秋収冬蔵』）季語＝雪（冬）

18日

鶏《けい》冠《かん》が真っ赤だ産むぞ零下５度　石田三省

読むほうも元気が出て、エイヤッという気になる句だ。零下五度といったら、バケツの水はカチンコチン。鶏小屋の周りもみんな凍てついている。その厳しい寒気のなかに、白色レグホンの鶏冠だけが濡れたように真っ赤。命をこの世に送り出すという神秘が、真紅の色に象徴されているかのようだ。きっと大きな卵をみごとに産み落としたにちがいない。（「俳句αあるふぁ」）季語＝零下（冬）

19日

生きものに眠るあはれや龍の玉　岡本眸

動物がどうして眠らねばならないのか、そのシステムは未だに完全には分かっていない。ただ、ネズミを強制的に不眠状態にした実験では、脳が損傷され、一〜二週間で死んでしまうそうだ。進化の過程で脳というとても便利な手段を手に入れた代償として、睡眠が必要になったわけだ。脳がいちばん発達した人間が、睡眠の影響をもっとも受けるのは、当然のこと。

（『矢文』）季語＝龍の玉（冬）

20日

寒月や猫の夜会の港町　大屋達治

真夜中の港には、もう誰もいない。繋留の漁船が何艘か、ぎゅるりぎゅるりと揺れ動いている。灯りも星も見えず、ただ寒の月だけが、石畳を燐光のように照らし出している。そこを舞台の夜会では、猫の紳士淑女たちが、しなやかに動き回っている。ご馳走が盛られた机の真ん中に置かれているのは、たしか随分前に鬼籍に入ったはずの朔太郎という名の詩人だ。（『寛海』）季語＝寒月（冬）

21日

雪たのしわれにたてがみあればなほ　桂　信子

作者の変身の夢の対象は、どのような動物だろうか？　思い浮かぶのは馬とライオンだが、他にも鬣狼も居る。しかし狼とは言い条、狐に近く、あまりカッコ良くない。私は獅子と思いたい。霏々と降りかかる雪の中、ナルニア国の偉大なる王アスランのように、白金のたてがみを輝かせ、楽しげに咆哮する獅子。八〇歳を過ぎての作であることに、心を動かされる。（『草影』）季語＝雪（冬）

22日

ふくろふに真紅の手毬つかれをり　加藤楸邨

不思議な句だ。でも、あの脱力感をもたらす鳴声は、異空間から聞こえてくる手毬唄のようにも思える。声のするたびに、真紅の糸で幾重にもかがった手毬が、ぽっかり開いた空間のなかで浮いたり沈んだりする。聞いている者もだんだん、赤い毬の動きに合わせて浮き沈みを始めてしまう。梟は鳴き止みそうにもない。赤い毬の動きがゆっくりと続く。（『怒濤』）季語＝梟（冬）

23日

寒禽のとりつく小枝あやまたず　西村和子

樹々にはもう、一枚の葉も残っていない。先端が細く鋭いシルエットとなって、そそり立っている。極まった寒さのなか、突然、天空から小鳥たちがぱらぱらと降ってきた。一瞬のうちに、一羽一羽が小さい枝を巧みに摑み、一樹のふところにしっくり嵌まり込む。俳句はあるときには、かくも短い言葉で、映像よりくっきりと決定的瞬間を描き出すことができる。

（『かりそめならず』）季語＝寒禽（冬）

24日

天山の夕空も見ず鷹老いぬ　藤田湘子

天山山脈は、その名からして、天空につながる夢幻的な山並みを想像させる。事実、広大なタクラマカン沙漠の北に、あまたの高峰を擁し長さ二千キロに渡って拡がる姿は、神々しいと言うしかない。その神々の黄昏のような夕空は、作者の自画像である鷹が、昔から夢見てきた光景。ついに見ることはかなわなかったが、老いてなお胸中に燃えている幻なのである。

（『神楽』）季語＝鷹（冬）

25日

父を嗅ぐ書斎に犀を幻想し　寺山修司

この句における父は、フロイトが唱えた、息子があこがれながらも畏れを抱く「原父」そのものであるように思える。書斎は父の知性の牙城であると同時に、書物に織り込まれた社会の規範そのものでもある。書斎を背後に負った父は、息子と母との一体化を責め、去勢を迫る。永遠の少年であった作者には、もはや「犀」を殺害する道しか残されていない。（『花粉航海』）無季

26日

冬眠の蝮のほかは寝息なし　金子兜太

蛇は私たちにとって太古から畏怖の対象であった。なかでも毒蛇の類が、とりわけ畏れられていただろうことは想像に難くない。縄文時代にすでに、土偶や土器に蝮の意匠が見られる。地上は枯れ果てて、生きものの姿も見えない。しかし地の下からは、豪宕な寝息が響きわたる。冬眠のために地に潜ってなお、大地全体を統べているかのごとき蝮。（『皆之』）季語＝冬眠（冬）

27日

鳥落ちず深雪が隠す飛騨の国

前田普羅

天空を飛翔している鳥は、かなり大きい。すぐまた雪になりそうな灰色空を、点が動くように進んでゆく。下界はいちめんの雪景色。山も田畑も家も、雪に塗り込められ、白のほかには色とて無い。山国飛騨は、律令時代には調・庸の税を免除されていたほど貧しい国だった。今も毎年必ず襲ってくる雪のなかで、ひそやかに灯し続けてきた生活《たつき》を想う。（『飛騨紬』）季語＝雪（冬）

28日

死鼠を常《とこ》のまひるへ抛《ほう》りけり

安井浩司

すみずみまで照らされている永遠の真昼。暗闇が存在しない世界では、死後の寧らぎも在りえないだろう。小さい頃、鼠捕にかかった鼠を馬穴の水に漬けて殺すのは、しばしば私の役目だった。あの死鼠たちを、その後どうしたのか、記憶に無い。街中だったので、埋めなかったことは確かだ。今でも常の真昼に眼を開けたまま、横たわっているのだろうか。（『阿父学』）

無季

29日

鶴凍てて花のごときを糞《ま》りにけり　波多野爽波

丹頂が、雪が降りしきる中に凍鶴となって立っているのを見ると、繊《ほそ》い一本足に支えられた、ふんわりとした花のようだ。とその時、鶴が後方に何か落とした。真っ白で勢いのある液状のもの。鳥は糞尿として、白色結晶の尿酸のまま、外に出す。これは漂白力が高く、鶯の糞が美顔に使われてきたのは有名だ。大輪の一花が高みから放った、白い火花。（『湯呑』）季語＝凍鶴（冬）

30日

笹子鳴くいま来し道に日の当り　神蔵器

チャッ、チャッと聞こえる鶯の地鳴きは、江戸時代から使われている「笹鳴」や「笹子鳴く」の表現がぴったりの声で、とても可愛らしい。笹子が鳴いたな、と思って振り返ってみた。さきほどまでは無かった日差が、野の一本道を照らしている。こころの中にまで日が射してきて、空間全部が仏の手のひらに乗っているような、安心《あんじん》の境地と成った。（『有今』）季語＝笹子（冬）

31日

雪晴の牛の乳房の満のとき　友岡子郷

輝かしく晴れわたった雪の牧場の朝。しきりと牛たちの鳴き声が聞こえてくる。餌を充分に与えられて、どの牛の乳房も満々と張って熱い。私たち哺乳類の原点を感じさせてくれる、なんと豊かな光景だろうか。次の搾乳の瞬間には、真っ白な乳がすごい勢いで迸《ほとばし》ることだろう。遠い昔に、天空に横たわる星の群を「ミルキーウェイ」と名づけた思いが分かる気がする。

（『風日』）季語＝雪晴（冬）

二月

1日

寒雷やてんじゆくねずみ藁に寝て　中西夕紀

「天竺」という床しい言葉が付いて、この丸々と太って目も耳もまるっこい齧歯類は、よけいに幸福を感じさせる存在になった。藁の上で何匹もかたまって、ふくふくと眠っているのは、そのイメージを裏切らないが、別名は何を隠そうモルモットで、実験用に飼われているのだ。空の遠くから重々しく聞こえてくる寒雷が、その運命を暗示しているかのようだ。

（『都市』）季語＝寒雷（冬）

2日

叱られて目をつぶる猫春隣　久保田万太郎

何をやらかしたのだろうか、この猫は、ひどく人間くさい。叱られて、ほとほとうんざりしている感じが伝わってきて、主人に忠実な犬では、こうはならないと思う。江戸時代の珍談奇談を集めた『耳袋』に、猫がものを言った話が載っている。捕えようとしていた鳩を人間に逃がされてしまって、「やっ、残念」と呟いたという。この猫も、その眷属かもしれない。

（『流寓抄』）季語＝春隣（冬）

3日

寒雁のつぶらかな聲地におちず　飯田蛇笏

鳴きながら飛んでいる雁の声を「つぶらか」と感じ取ったところが、とても官能的だ。カハーン、カハーンという鳴き声が大粒の白珠となって、つぎつぎに湧き出してくる。一羽一羽の飛翔のあとを追って、珠も同じ高みをゆるやかに流れてゆく。ついには、鋭い寒さが少しずつ宝珠に吸い込まれ、大気も春を感じさせる柔らかさを帯びてくるのだ。（『椿花集』）季語＝寒雁（冬）

4日

けもののらの耳さんかくに寒明けぬ　三橋鷹女

寒が明けたといっても暦の上のこと。寒さは絶頂の時季だ。いわんや暦とは無縁の獣たちにとっては、餌のもっとも乏しい、生きてゆくのに困難な期間が続いている。肉食のものは、獲物のたてる物音を察知するために、襲われる立場のものは、危険の気配をいち早く感じとるために、耳をピンと立て、緊張の裡に行動している。ヒトになる前には私たちにも生えていた、この三角の耳。（『向日葵』）季語＝寒明（春）

5日

立春や月の兎は耳立てて　星野椿

昨日と違い、こちらの耳は優雅に立てられている。古来、月の影は民族によってさまざまなものに見立てられてきた。私たちが親しんできた兎は、杵で餅を搗いている姿。陰暦の昔は、立春すなわち新年だったから、兎は、前の日までに搗きあげた沢山の御餅を、誇らしげに月に捧げているにちがいない。兎の姿が見えるほどに晴れわたった満月の面も、こころなしか春の兆しで潤っているようだ。（『椿　四季句集』）季語＝立春（春）

6日

たわたわと薄氷に乗る鴨の脚　松村蒼石

ソラという音声が「空」を意味するという共通認識が成り立って、はじめて言葉が生れるわけだから、擬音語や擬態語は、言葉のいちばん原初的な姿だといってもよい。「たわたわ」のオノマトペも意味以前の生なましさを持っている。水の流れが透けて見えるほど薄くなった氷に乗り上げる鴨の蹼《みずかき》がクローズアップされ、肉厚の指のあいだの、鶏頭の花びらのようにひらひらした膜が見える。（『露』）季語＝薄氷（春）

7日

白梅や生まれきて乳を強く吸ひ

名取里美

人間は、自然に対して距離を置くような方向にどんどん進化したので、本能はほとんど残っていないといわれる。そのきわめて稀な例外が、生れた途端に乳房を求め、乳を吸う行動だ。それは、私たちが所属する、乳で子を育てるのが特徴の哺乳類の基本行動でもある。未だ寒い時期に、この世に誕生した新生児が、たくましく乳を吸うのを祝福するかのように、真っ白な梅が香る。(『あかり』) 季語=白梅(春)

8日

雉子の眸《め》のかうかうとして売られけり

加藤楸邨

撃たれて間もなく売りに出されたのに違いない。この眸はただならぬ輝きを放っている。生命が通っていたときには決して見られない、死によって獲得した光。しかし、時が経てばすぐに喪われてしまう類の光だ。現実の空間に裂け目が生れ、生身の雉ではなくなった不可思議のものの眼が、そこから覗いているような眩暈感がある。絢爛美麗な羽の色彩が、眸をいっそう荘厳している。(『野哭』) 季語=狩(冬)

9日

鴉啼く砂丘にて懐中時計とまり　　橋閒石

鴉が鋭く鳴いたとたん、内ポケットに入れていた時計の針が静止してしまった。時間喪失の砂丘に立つ男は、安部公房の『砂の女』の主人公を思わせる。昆虫の採集にきた砂丘で、村人に謀られ、女の棲む砂の穴に閉じ込められてしまった主人公は、毎日、砂を掘り続けなければ埋まってしまう不条理な生活に次第に馴らされてゆくのだが、この作品の男は、果たしてどうなるのか？　（『無刻』）無季

10日

鶯の身をさかさまに初音かな　　其角

鶯の普段の地鳴きは、敵への警戒の声であったり、縄張りを守るための声であったりして、チャッチャッチャッと派手ではないが、春ともなれば雌を得ようと精一杯、恋の歌を熱唱する。枝に止まった鶯が「身をさかさまに」してなおも囀っている様は、けなげにも哀れで、「曾根崎心中」を初めとして、近松門左衛門の世話浄瑠璃に繰り広げられる一途な男女の恋物語のようだ。（『初蟬』）季語＝初音（春）

11日

引鶴の骨身をたたく羽搏ちかな　山上樹実雄

幼鳥を連れて飛来し、冬のあいだ日本で過ごす鍋鶴と真鶴は、鹿児島県出水《いずみ》市の水田や湿地に一万羽以上も集まる。二月初旬には第一陣が、成長した子鶴を交えて繁殖地のシベリアや中国東北部へ帰っていくが、朝に出発し、休むことなく一気に千キロを越す距離を飛び続けるという。旅立ちの羽音は、まさにこれからの骨身を削る飛翔にふさわしく、すさまじくも力強いものである。（『晩翠』）季語＝引鶴（春）

12日

鵯《ひよどり》の言葉わかりて椿落つ　阿波野青畝

鵯の声は鋭く甲高いので、けたたましく鳴き続ける時などは、こちらが何か急きたてられているような気持になってしまう。ひっそりと真っ赤に咲いている椿にも、その声が通じて、早く落ちなければという心持になったに違いない。もっとも鵯は鳴きながら椿の蜜を吸うので、充分、花粉が鵯の身についたのを確認して、子孫繁栄の役割を終えたと安心もして落ちたのかもしれない。（『国原』）季語＝椿（春）

13日

内のチヨマが隣のタマを待つ夜かな

正岡子規

猫にタマと名付けるのは、何時ごろから始まった風習なのだろうか。柳田国男の採録した『日本の昔話』に出てきたのも、サザエさんの家で飼われていたのも、最近、和歌山電鉄から正式に駅長に任命されたのも、タマだった。「猫の恋」は、すさまじい鳴声が詠まれることが多いが、この句はユニーク。チヨマ姫が夜、家で恋人の訪れを待っているなんて、昔々の妻問い婚みたいで、可憐だ。（『子規句集』）季語＝猫の恋（春）

14日

闘鶏の眼つぶれて飼はれけり

村上鬼城

軍鶏ほど眼光の鋭い鶏はいない。闘いのために改良を重ねてきただけの事はある。両眼を炯々《けいけい》と光らせて相手に挑み、蹴爪の一撃を素早く繰り出して、血しぶきが飛び交うこともざらにある。闘いの最中に、相手の蹴爪が刺さり、片眼が潰されてしまった。闘鶏には是非とも必要な眼である。飼い主が廃鶏にするのに忍びなかったのだろう、一隅で飼われているのだが、それはそれで哀れ。（『定本鬼城句集』）季語＝闘鶏（春）

15日

水中の河馬が燃えます牡丹雪　坪内稔典

日本ではムーミンのように温和なイメージが定着しているが、生息地では人間の殺害事故は、河馬によるものが最多。縄張り意識が強いので、近づきすぎると鰐ですら嚙み殺してしまうという。雄同士の戦いも激烈で、巨体をぶつけ合う。しかも皮膚が乾燥しないように「河馬の赤い汗」と呼ばれる粘液を分泌して、文字通り「燃え」ているのだ。牡丹雪が赤い図体をさらに際立たせる。（『落花落日』）季語＝牡丹雪（春）

16日

蛇穴を出て見れば周の天下なり　高浜虚子

周は、文王の子武王が、釣針のない糸を垂れていた故事でおなじみの太公望に助けられ、殷の紂王を破って建国した王朝。蛇が冬眠している何ヶ月かの間に、淫婦妲己《だっき》を寵愛して酒池肉林を貪った虐政から、孔子が憧れたたので有名な清廉潔白な統治へ、時代の趨勢が百八十度変わっていたのだった。唖然としている蛇の表情は、ディズニー映画のアニメにしたら、受けそうな感じ。（『五百句』）季語＝蛇穴を出づ（春）

17日

引鶴の天に抱き上げられしかな　対馬康子

鹿児島県の出水《いずみ》では、鍋鶴・真鶴合わせて一万羽以上が越冬する。春になっての北帰行は、多い日には三千羽、四千羽にのぼる。群れをつくって旋回しながら上昇し、風に乗ると翼を静止してV字形の列を作り、山の上方へと飛び去って、姿を消す。あたかも天空が懐に抱き取ったかのように。繁殖地について未知であった時代には、天の奥処へ帰っていったとしか思えなかったことだろう。(『天之』) 季語=引鶴(春)

18日

太古より墜ちたる雉子《きぎす》歩むなり　和田悟朗

『古事記』の神代の説話にも、天照大御神から出雲へ遣わされた使者として雉子が登場する。すらりと伸びた肢体と長く細い尾。顔の鮮やかな赤、喉から胴にかけては紫や緑が輝き、畳んだ羽は金色に縁取られた鱗のようだ。神話のなかでの活躍にこそふさわしい、姿と色彩。古は天空に住むものであったのに、なんの罪科か地上に落とされて、飛び上がろうとしても低空飛行がせいぜいだ。(『法隆寺伝承』) 季語=雉子(春)

19日

薄氷を昼の鶏鳴渡りゆく　野澤節子

池の水面を、いともあえかに氷が被っている。白昼の日射しを受けてさえ、消え去ってゆきそうな危うさ。かろうじて氷の状態を保っているところへ、すこし遠くの農家から、ときならぬ鶏の声が響いてきた。鶏鳴が未だ寒気の残る大気をふるわせ、薄氷の上を波となって渡ってゆく。空間の緊張が昂まり、あとしばらくは、氷が薄く張ったままで持ちこたえられるにちがいない。（『鳳蝶』）季語＝薄氷（春）

20日

もぐら覚め膝こそばゆき山の神　鈴木貞雄

モグラは、冬場は地中の深い場所に移動している。春になって温度が高くなると、地上に近いところで餌を採るようになり、盛んに土を掘り返す。寒中、寧らかな眠りについていた山神も、モグラの動きで膝の裏をくすぐられ、目覚めることに相成った。山神がすこやかに笑う季節に入ったのだ。笑いに釣られ、いろいろな虫や獣が起きて、もぞもぞ動き出す。山がにぎやかになる啓蟄の時季。（『月明の樫』）季語＝啓蟄（春）

21日

生き急ぐ馬のどのゆめも馬

攝津幸彦

野生の馬はけっして生き急がない。馬を急きたてているのは私たち人間だ。競走馬に仕立て上げ、競り合わせる。スポーツ・オブ・キングスなどという麗々しい名の下で、二、三歳でデビュー、わずか四、五年で引退。レースの最中に骨折すれば、直ちに処分されてしまう。運よく種馬になれたとしても、交配は人工的に行なわれる。馬と馬との自由な恋は、見果てぬ夢に終わる。切ない。（『鳥屋』）無季

22日

恋猫の恋する猫で押し通す

永田耕衣

猫はペットとなって長いにもかかわらず、基本的には自分勝手だ。特に発情期は、傍若無人。萩原朔太郎が「おわあ、おぎやあ、おわああ」と描写した、なんとも怪しげな声で、夜を徹してわめきたてる。怒鳴られても、水をかけられても、めげない。でも、食べることと恋すること、それこそが動物の真骨頂なのだから、飼われているのに、こんなにも生を堂々と謳歌できるって、すごい！（『驢鳴集』）季語＝猫の恋（春）

23日

眦《まなじり》に金ひとすぢや春の鴫　橋本鶏二

営巣期を迎えた鴫は、縄張りを声高に主張する秋の猛々しい姿とは大違い。雌の気を引こうと、小さな声で、様々な鳥の声を真似た求愛の唄を披露し、ダンスも踊る。さらには雌に餌をプレゼントする。こうして首尾よくカップルになると、抱卵のあいだ、ひたすら雌に給餌を続ける。眦の金は、自らの子孫を残すために雌への奉仕に徹する、雄としての矜恃の象徴に他ならない。（『年輪』）季語＝春の鴫（春）

24日

家鴨から春の拡がる水辺かな　大串　章

ガーガーガーと家鴨は陽気。いつも仲間で群れていて、騒がしい。相手の尻を突ついたり、水に落としたり、忙しく喧嘩するが、次の瞬間には何でもなかったように、並んで餌を食べている。後を引かないタイプだ。色彩も、真っ白な体と黄色い嘴、蹼《みずかき》との対比が、明るく華やか。家鴨が何羽か鳴きながら動いているだけで、水辺の空間が温もりを帯びてくる。春が楽しく拡がってくる。（『大地』）季語＝春（春）

25日

雄《を》の馬のかぐろき股間わらび萌ゆ　成田千空

広々とした野を睥睨《へいげい》して立つ、雄々しくも健やかな馬の姿が浮かんでくる。わが国古来の在来馬は、宮崎県都井岬の御崎馬などの八種だけになってしまったが、いずれも小型ながらも頑健で、寒冷地でも年間を通しての放牧に耐え、蹄鉄が必要なかったほど蹄も丈夫だという。御崎馬は、ほとんど人の管理が加わらずに半野生の状態だが、雄はハーレムを作り、数頭の雌と仔馬を従えている。（『白光』）季語＝蕨（春）

26日

裏がへる亀思ふべし鳴けるなり　石川桂郎

亀の最大の特徴は甲羅だ。アンモナイトが栄えていた中生代の三畳紀には、すでに身につけていたという。敵からの防御は大幅に強化されたが、ひとたび甲羅が体の下側になってしまうと、自分で起き上がるのは非常に困難という致命的な欠陥が付いてきた。作者は、亀が声を上げるのは、この絶体絶命の時だと想像したのだ。自画像に他ならない亀の、進退きわまった悲鳴が聴こえてくる。（『四温』）季語＝亀鳴く（春）

27日

吾《あ》を入れてはばたくごとし春の山　波多野爽波

『万葉集』の大和三山の恋争いの歌を思い出すまでもなく、私たち日本人は、山に神格、人格を感じて親しんできた。眠りから覚めたばかりの早春の里山に入ると、樹々は枝の先に早緑の芽を噴きだし、日輪へ向かって飛び上がってゆくようだ。風の強い日なら、山全体が歓喜の雄叫びをあげ、佐保姫が薄衣をひるがえしている青天へ飛翔せんと羽搏つにちがいない。

(『湯呑』) 季語＝春の山 (春)

28日

にはとりの血は虎杖《いたどり》に飛びしまま　中原道夫

虎杖は、花がつく前の芽茎を、皮を剝いて食用にする。春先に伸びてくる赤みを帯びた太い芽は、野に春が来た象徴のようで、何とも頼もしく感じられるが、虎杖にとっては迷惑この上ない。祝い事でもあって、鶏が屠られたのだろう、羽毛があたり一面に散らばり、虎杖に付いた血は未だ乾ききっていない。人間の生の営みは、自然界に存在する色々なものの命を奪うことで成り立っている。(『不覺』) 季語＝虎杖 (春)

29日

春の鹿幻を見て立ちにけり　藤田湘子

春の牡鹿は、換毛の時期でもあり、傷つきやすい袋角が生え始めるので、一頭で行動するのを好み、とても敏感で繊細な心の状態にある。茫然と立っているこの鹿は、一体、何を凝視しているのだろう。双の眼をぽっかりと見開いて、現ではないものを追っている。白妙の袖を打ち振って、飛火野の若菜を摘む人たちか、野守に隠れて恋を語らう郎子《いらつこ》、郎女《いらつめ》か、はた、南都焼き討ちの焔か。（『神楽』）　季語＝春の鹿（春）

三月

1日

古池や蛙飛びこむ水の音　芭蕉

古池という、のっぺりとした無音のものが横たわっている。そこへ、KAWAZU・TOBIKOMU・MIZU、と、三つのU音が、下へむかう曲線を形作る。蛙が飛び込む軌跡だ。最後にOTO、と、まさに跳ね上がるような音が、平らな沼の面を破り、水飛沫があがる。一句の言葉の空間に、確かに音が生まれた。意味でしかなかった談林の世界が、読み手の五感に届く詩となったのだ。（『蛙合』）季語＝蛙（春）

2日

百代の過客しんがりに猫の子も　加藤楸邨

岡本太郎がデザインした太陽の塔の内部には、高さ四五メートルの生命の樹が聳え、下から、アメーバやクラゲ、三葉虫、アンモナイト、恐竜、マンモス、猿、原人、などが連なっていた。だが、一番上にヒトが位置していた生命の樹とは違って、この句では、みんな横並びに進んでゆく。アメーバも恐竜も人間も猫の子も、悠久の時の流れのなかで、束の間存在して滅んでゆく、愛しい仲間なのだ。（『雪起し』）季語＝猫の子（春）

3日

鳥帰る近江に白き皿重ね　柿本多映

琵琶湖では沢山の水鳥が冬を越したことだろう。北をめざして、日一日と帰ってゆき、水面はどんどん寂しくなる。その空白と呼応するかのように、何処かの厨で、真っ白な皿が何枚も重ねられてゆく。飛び去ってゆくものと、積まれてゆくもの。まるで、一句のうちに大きな砂時計が現れたかのようだ。皿はいつか又一枚ずつ取去られ、鳥たちもいずれ秋が来れば戻ってくる。大いなる循環。（『蝶日』）季語＝鳥帰る（春）

4日

ひよこ売りについてゆきたいあたたかい　こしのゆみこ

小さい頃は、いろいろなものに付いて行きたかった。サーカスと香具師《やし》が、第一番。香具師の中でもさらに、風船売りとひよこ売りは別格。どちらも、この世の存在とも思えない、色とりどりで、ふわふわしたものを売っていたから。くっついて歩いていったら、魔法の国に行けそうに思えた。知ったかぶりで、あのひよこ達は着色されてるんだ、という子がいたけど、信じなかった。（『コイツァンの猫』）季語＝暖か（春）

5日

水温む鯨が海を選んだ日　　土肥あき子

母なる海原から、当時は死の世界だった地上に最初に上陸を決行したのは植物、次が昆虫類で、最後が魚から姿を変えた両生類。植物も昆虫も、再び海に戻ったものはいないが、両生類が進化した私たち哺乳類では、鯨が一番先に還っていった。母胎回帰によって、史上最大の動物のひとつにまで生長し、ゆうゆうと生きている。人間のせこい生き方と比べて、うらやましくもある。(『鯨が海を選んだ日』) 季語＝水温む（春）

6日

引鶴の羽音国来よ国来よと　　榎本好宏

『出雲国風土記』の冒頭に記されているのは、狭い国だった出雲へ、大山《だいせん》と三瓶山《さんべさん》に綱をかけ、他所の土地を「国来《くにこ》、国来」と引いてきて、それが今の島根半島になったという、実におおどかな神話だ。何千羽もの鶴が、遥か北をめざして飛び立つ羽音は、確かに、国を引くほどの迫力がある。神話の時空間を取り込んで、作品の裡から羽風が渺々《びょうびょう》と吹き渡って来る。
(『会景』) 季語＝引鶴（春）

3月

7日

雁帰る砂消ゴムも行きたがる　　四ッ谷 龍

父の仕事机の上には、子どもには何だか見当もつかないものが置いてあったが、砂消しゴムもそのひとつ。ごく普通の白い消しゴムの半身は、畸形のようにザラザラとして硬い灰黒色。おまけにキラキラの粒も散らばっている。試しに使ってみると、あっという間に紙が破けた。悪魔っ子みたいに、世界になじんでいなかった。そりゃあ、雁と一緒に、ここではない何処かに行きたいよね。（『慈愛』）季語＝雁帰る（春）

8日

虫鳥の苦しき春を無為《なにもせず》　　高橋睦郎

長い冬が終わり温暖な時期になると、ほとんどの動物は恋の季節に突入する。本能に突き動かされ、まず食べ物を貪り、体力をつけて、命懸けで相手を求める。子孫を残せるかどうかに、その個体の存在意義がかかっているのだから、熾烈な闘いにもなる。本能を喪失してしまった人間は、それをただ眺めているだけ。「無為」に、私たち人間の抱いている大いなる空虚が顕ち現れてくる。（『賚』）季語＝春（春）

9日

青空の暗きところが雲雀の血

高野ムツオ

雲雀が天高く舞い上がって囀るのは、縄張りを守るためだ。極限まで上昇してゆき、必死になって声を張り上げる姿は、何度見ても胸打たれる。ついに力尽きて、すごい速度で墜ちてくるのだが、しばらくするとまた、果敢に飛び上がっていく。あんなに命をふりしぼって昇っていくのだから、そのたびに血の涙を流すに違いない。ほら、今も青空の一点がかすかに暗いのは、雲雀の血の痕。(『雲雀の血』) 季語=雲雀(春)

10日

あたたかやきりんの口が横に動き

後藤比奈夫

キリンは実にのほほんとしていて、動物園でも、いちばん暖かさを感じさせる生きものかもしれない。柔らかい色調の網目模様。雲を踏んででもいるように、ゆらゆらと歩む。餌を食べるときは、口をゆっくりと横にうごかすのがユーモラス。立ち姿も、首から脚にかけて曲線が優美に流れ、パラダイスにふさわしい存在だ。それだけに、真っ黒な長い舌が見えると、ちょっとギヨッとする。(『庭詰』) 季語=暖か(春)

11日

猛獣です　蓬髪だけが育つのです　高柳重信

ニューヨークのある動物園の檻は、何時行ってもカラッポ。中に大きな鏡が設置してあって、「最も危険な動物」と書いてあるそうだ。自然の手に負えない存在なのだから、人間がいちばん猛獣。地球にとっては害獣ですらある。哺乳類にとって、とても大事なはずの体毛を、ほとんど失ってしまった獣。生きていくうえで頼りきっている頭脳を包んでいる髪の毛だけが、刻々と育っていく。（『前略十年』）無季

12日

のしのしと音して山に春の月　和田耕三郎

「のしのしと」音を立てているのは、なんなのだろうか。冬眠から覚めた熊か、芋でも掘りに出てきた猪か、大男だって歩いてくると、そんな音をさせることはある。だけど、ちょうど立派な満月が山の端から出てきたのなら、それは月そのものが出しているのかもしれない。春の夕べのゆるやかな空気を踏んで、悠然と昇ってくる大いなる球体。この来客を、山がとっても喜んでいそうだ。（『青空』）季語＝春の月（春）

13日

囀の一羽なれどもよくひびき　深見けん二

一億年以上に亘って地球上に君臨した恐竜は、絶滅したと思われていたが、化石の研究が進んだ現在、鳥類という歴とした子孫を残していたことが明らかになった。いま、その嫡子のうちの一羽が、高らかに恋の歌を絶唱する。頬白などの、次第に激しさを増してゆく囀は、たとえ一羽でも周囲の空間を完璧に支配するほど響き渡る。栄光が甦り、胸を張って鳴く小鳥は束の間、世界の王だ。（『花鳥来』）季語＝囀（春）

14日

雁ゆきてまた夕空をしたたらす　藤田湘子

雁が帰ってゆくのは、渡り鳥のうちでも一際あわれに感じられ、『万葉集』以来、多くの和歌に詠まれてきた。とくに愁いを帯びた鋭い鳴声が心に沁み込んでくるので、白鳥や鶴と並んで魂の運び手とみなされ、はるか常世《とこよ》の国へ帰ってゆくと思われていた。だからこそ、夕べの空がしたたる。秋冬の間に亡くなった死者たちが雁と共に去ってゆく、瑞々しい魂の滴り。（『途上』）季語＝雁帰る（春）

15日

かたまつて生くるさびしさ蝌蚪も人も　島谷征良

猿の一種であった時代から、人間は群れを作って生きてきた。言葉を獲得し、定住生活を始めて社会が出来、ますます集団を離れられなくなった。生まれてすぐ、役所に届けて登録され、一生、社会の一員として暮らす。お玉杓子もいまのところは、互いに触れ合うほど密集して蠢《うごめ》いているが、こちらは、手足が生えてきて蛙にさえなれば独立独歩、立派に一匹で生きていけるのだ。（『鵬程』）季語＝蝌蚪（春）

16日

鶯のこゑ前方に後円に　鷹羽狩行

鶯の鳴声は、春を告げるものとして、古来、ひとかたならず愛されてきた。「ホーホケキョ」の聞きなしから「経よみ鳥」の別名もある。掲句は、音のひびきを、前半が方形、後半が円形を成すとして、目に見える形に描いた。鶯の囀と共に、豊かな水に囲まれた大いなる古墳が現出し、おおどかな青空まで見えてくる。たった十七音しかない一句の空間に、春がみなぎり、あふれ出す。（『月歩抄』）季語＝鶯（春）

17日

瓜人先生羽化このかたの大霞　能村登四郎

「瓜人仙境」と謳われた飄逸洒脱な作品を数多残した相生垣瓜人は、昭和六〇年二月七日に逝去した。中国の有名な仙人のひとり張果老の正体は白蝙蝠だったというが、登仙の際に生える羽として、瓜人にも鳥の翼より蝙蝠の皮膜のほうがふさわしい。「前世にも日向ぼこりに飽かざりし」等、日向ぼこが大好きだった瓜人は、彼の世でも変わらずに、うらうらと日に当たっていることだろう。（『寒九』）季語＝霞（春）

18日

囀をこぼさじと抱く大樹かな　星野立子

鬱蒼と茂った大樹に、たくさんの鳥が囀っている。鳥の姿は葉に隠れて見えない。大木の形作る宇宙の裡に、様々な鳴声だけが宝石のように鏤められている。命を継ぐために相手を求める恋の叫びを、ひとつも零すまいとして地母神のように懐に抱きかかえるこの樹は、間違いなく有情の存在だ。「草木国土悉皆成仏」という、季語の世界の基盤となる世界観が、この句には見事に描かれている。（『続立子句集』）季語＝囀（春）

19日

鶯に蔵をつめたくしておかむ　飯島晴子

民話の種類のひとつに「見るなの座敷」がある。別名は「鶯浄土」で、禁止を犯して破局が訪れるのだが、タブーを課すのは鶯が姿を変えている女性だ。座敷は蔵の場合もあり、十二だったり四つだったりする蔵や座敷の中には「四季」がある。蔵を冷たくしておけば、禁忌が破られることはないだろう。しんと冴え渡る密閉空間のなかで、時を止《とど》めておくことができるかもしれない。（『春の蔵』）季語＝鶯（春）

20日

天心にして脇見せり春の雁　永田耕衣

遥か天心に飛翔する春の雁は、美しい花鳥画のような、とても荘厳な世界だ。その緊密な美意識が「脇見」という一言が入っただけで、大崩壊を起し、あっけらかんとした空白が現れる。肩の力が抜け、くすっと笑いたくなるような楽しさが広がる。この世は、何かのちょっとした間違いから出来上がったのかもしれないと思えるような、アナーキーな諧謔。（『吹毛集』）

季語＝春の雁（春）

21日

アルプスの濡身かがやく桃の花　矢島渚男

麓に桃が咲くころの日本アルプスは、未だ雪が豊かに残って、瑞々しく輝いている。『万葉集』の大和三山の恋争いを想起するまでもなく、私たちは古来、山々に潑溂とした人格を感じ、神とも崇めてきた。ここに詠まれている山並みも、美しい青年の神のようだ。濡れ身を輝かせて、いったいどこの女神を狙っているのだろう。浅間山や蓼科山は、俳句や短歌に女性であると詠われているが……。（『天衣』）季語＝桃の花（春）

22日

蝶われをばけものと見て過ぎゆけり　宗田安正

もとより私たちは、哺乳類であり、獣の一員であるはずなのだが、動物たちは仲間と思ってはいないだろう。毛も羽も鱗もなく、つるりとした皮膚に衣をまとっているところからして、いかがわしい。でも、虫から見ても、やはり異形のものなのだとは。そう云われれば確かに蝶だって、馴染みの鳥や獣とまったく違った姿で、ひょろりと突っ立っている人間は、薄気味が悪いに違いない。（『百塔』）季語＝蝶（春）

23日

くらやみに蝌蚪の手足が生えつつあり　西東三鬼

「くらやみの蝌蚪に」ではなく、「くらやみに蝌蚪の」なのだ。実際の状態としては同じことだが、言葉のみの世界で思い浮かべるイメージは全く違う。真っ暗闇そのものに、着々と生える手足。最近の物理学者が唱えるところによると、宇宙の中で原子が占める量は4％で、あとは未知の暗黒物質と暗黒エネルギーなのだという。刻々、膨張している宇宙にも、手足が生えつつあるのかもしれない。（『今日』）季語＝蝌蚪（春）

24日

顔老いし鞍馬の鳶や竹の秋　大峯あきら

鞍馬の地名から大方の人が連想するのは、深夜の僧正ガ谷で大天狗が、兵法・剣術を牛若丸に教えたという説話だろう。謡曲にも成り、春の鞍馬山を舞台に、爛漫の桜を眺めながらの、大天狗と牛若の交情を描いたこの能では、シテの天狗の面には大癋見《おおべしみ》が使われる。厳しく年老いた鳶の顔貌は、大天狗の顔付きそのもの。さらさらと風に散る竹の葉に誘われて、鳶の変身が始まりそうだ。（『紺碧の鐘』）季語＝竹の秋（春）

25日

町空のつばくらめのみ新しや　中村草田男

私たちは、雁の訪れに「秋」を、燕の来訪に「春」を感じ取ってきた。だが、端整で優雅な雁は和歌の世界でもてはやされたのに対し、活発で陽気な燕は、『万葉集』にこそ登場したものの、和歌では長く顧みられなかった。華々しい復活を遂げたのは、俳諧の始まりと共になのだ。瓦屋根も白壁も古びてしまった町に、溌剌と燕が飛び交う。魔法にかけられたように、町も瑞々しく甦る。（『長子』）季語＝燕（春）

26日

蛙の目越えて漣又さゞなみ　川端茅舎

こんなにも蛙に成りきって詠まれた句があっただろうか。草野心平の詩だって一歩を譲ると思う。軽快な調べにのって、読み手も蛙の立場にひきずり込まれる。水面すれすれに、大きく瞠っている私の目玉を、アッ、波のうねりが襲ってくる。一瞬、目の中に水が入る。思わず、まばたきをする。また、波がくる。でも、濡れてもヘッチャラ。水と遊んでいるみたいで、なんだか楽しい。（『川端茅舎句集』）季語＝蛙（春）

27日

白鳥の引きし茂吉の山河かな　片山由美子

民俗学者の谷川健一は『白鳥伝説』で、古代から現在に至るまで続く、東北地方の白鳥に対する熱烈な崇拝、信仰を解き明かした。みちのくの白鳥は、彼の世と現世を結ぶ、崇高なる存在だったのだ。魂を引き連れて白鳥が帰ってしまった後の山河。長い冬が終わり、雪解の季節を迎えるとはいえ、あの美しい白妙の姿を目にできない山河は、どこか空虚に感じられて、寂しい。（『風待月』）季語＝白鳥帰る（春）

28日

ひばり野に父なる額うちわられ　佐藤鬼房

一羽一羽の雲雀が、縄張りを主張して、声で闘っている雲雀野は、すさまじい戦場だ。戦闘の雄叫びを挙げているのは、文字通りすべて雄。父として、懸命に妻と子を守るための縄張りなのだから。むき出しの生命力に、人間は太刀打ちできない。アベルとカインの昔から人間は、他人だけではなく家族でも殺しかねない種族。母殺しも、父殺しも、世界中の様々な神話に謳われている。（『地楡』）季語＝雲雀（春）

29日

重たくて影捨てて飛ぶ春の鳥

八田木枯

ドイツのローマン派の詩人シャミッソーは、影を無くした男の話を著した。悪魔に自分の影を売り渡したのだ。代わりにもらった、好きなだけ金貨の出てくる財布によって、豪華絢爛な生活を送るが、影が無いことが知れわたると、世間から排斥され、孤独という不幸の虜になる。人間は、どんなに重たくても影を捨てられない。鳥と違って、社会という地上に縛り付けられているのだから。（『あらくれし日月の鈔』）季語＝春の鳥（春）

30日

春潮の彼処に怒り此処に笑む

松本たかし

日本では、海原もまた人格をもつ。例えば、ギリシャ神話のポセイドンが海を統べる神であるのに対して、海神《わだつみ》は、同じ音が海も指すことからも明らかなように、海原そのものの神格化だ。鉛色から藍色に変わった春の海神は若々しい。感情も大きくゆれ動く。春の潮は、干満の著しい差を特徴とする。膨れ上がっては、思わぬところまで満ち来たり、静かに引いては、広々と干潟を残す。（『鷹』）季語＝春潮（春）

31日

夕暮の欲望へ馬濡れてたつ

鈴木六林男

この馬は、現実の動物としての馬ではない。意識的な自我と無意識の自己が乖離している人類という種だけが持つ、欲望の暗さそのものに思える。性的欲望を充たすのは、暗くなってからというのも、自然界においては実に不自然なのだ。昼間行動する動物にとって、夜はひたすら、明日の活動へ向けての睡眠の時間。人間の不幸は、欲望を全面的に受け入れるのが不可能なところにもある。（『谷間の旗』）無季

四月

1日

鷹の巣や太虚に澄める日一つ　　橋本鶏二

「太虚」は、大空も指すが、中国の哲学の概念では、凝集して気となる無形のもので、さらに気が凝集して有形の万物となり、万物が散って気に戻り、さらに太虚に戻る、と説く。太虚は宇宙生成の根源なのだ。作品空間の中には、澄みきった日輪と巣に陣取っている鷹しか存在しない。他のものは未だ生まれ出ていないのか、全て滅んでしまったのか。いずれにしろ、圧倒的な静けさ。（『年輪』）季語＝鷹の巣（春）

2日

春の鳶寄りわかれては高みつゝ　　飯田龍太

鳶が恋の相手を見つけた。よく晴れた空を舞台に、ピーヒョロロと呼び交わしながら、近くに寄っては離れ、寄っては離れ、だんだん高く飛翔してゆく。最高の恋のパフォーマンス。春という季節の喜びが、あたりいちめんに張ってくる。鳶などのタカ目の鳥は、初めての恋が瑞々しいままに持続し、一度つがいになると、どちらかが死ぬまで連れ添うといわれている。（『百戸の谿』）季語＝春の鳥（春）

3日

太陽は古くて立派鳥の恋　池田澄子

日本にずっと留まる鳥たちにとって、春は恋の季節。あちらこちらで、雄は誘いの声を張り上げ、カップルが次々に誕生する。それもみんな、太陽が熱を送ってくれるおかげ。すべての生命は太陽に依存している。太陽との奇蹟のような距離関係によって、地球は命の星となった。しかし太陽は今後ますます立派になってゆき、十億年程後には、高熱によって地球の生物の生存も不可能になる。（『ゆく船』）季語＝鳥交る（春）

4日

闘鶏のばつさばつさと宙鳴れり　野澤節子

私たち人間は、どうしてこんなに闘争が好きなのだろう。戦争はもちろんの事、スポーツだって何かを争うものがほとんど。それだけでは飽き足らず、犬や牛など動物まで戦いに駆り立てる。初めて闘鶏を見物させてもらった時、私はすごく興奮した。自分の鶏でもないのに、まさに血湧き肉躍ってしまったのだ。興奮の後で、田中裕明の「あらそはぬ種族ほろびぬ大枯野」の句を深く想った。（『存身』）季語＝闘鶏（春）

5日

長閑さの牛従へてまだ娶らず　太田土男

一見、おおらかな光景だ。耕牛は滅んでしまったから、牧場の牛だろう。一頭ずつ名前がつけられて、まだ若い主によくなつき、すぐ後ろに付いて進んで行く。春の太陽がうらうらと当たり、陽炎がたつ。だが農業と酪農は、若者から労働がキツイと嫌われ、高齢化が進む。なかなか嫁の来手がなく、一時はフィリピンや中国など外国人とのお見合いが盛んに行なわれた。長閑さが切ない。（『西那須町』）季語＝長閑（春）

6日

鳥の巣に鳥が入つてゆくところ　波多野爽波

日本各地には、つい何十年か前まで産屋の風習が残っていた。記紀の世界でも、山幸彦が娶った海神の娘・豊玉姫が海辺に建てた産屋で出産する。命が生み出される特別な空間。鳥類もまた、先に巣を整え、卵を産み落とす。抱卵は雄と雌とが交代で行なう鳥が多いが、卵を産めるのは雌だけ。今まさに雌鳥が、新たな命をこの世にもたらすために、完成したばかりの座に着こうとしている。（『舗道の花』）季語＝鳥の巣（春）

7日

鳩の目に金のまじれる桜かな　夏井いつき

鳩は、キリスト教社会では『旧約聖書』のときから平和の象徴だし、日本では八幡神のお使いとして、やはり特別な存在だった。煙草のピースや特急の名前、会社のマークにもたくさん使われ、日常生活でも親しまれている。でも近頃では都会で増えすぎ、駅を初めとして厄介者扱いされている所も多い。そんな鳩も、満開の花の舞台に登場する時には、眼の煌きに物を言わせて主役を張る。（『伊月集・梟』）季語＝桜（春）

8日

蝌蚪一つ鼻杭にあて休みをり　星野立子

よく見ているなーと感心する。お玉杓子はあまりに頭でっかちなので、薄っぺらな尾を一生懸命に振って泳ぎ続けていると疲労が溜りそうだ。池の杭に頭の前の部分を当てて、じっと動かないでいることが確かにある。蝌蚪の「鼻」と表現したことで、句会の皆にからかわれたが、虚子だけは笑いもせずに励ましてくれたという。蝌蚪ともすぐに友達になってしまう立子ならではの「鼻」。（『立子句集』）季語＝蝌蚪（春）

9日

揚雲雀空のまん中ここよここよ　正木ゆう子

自らの揚がれる極限まで上昇して、囀り続けている雲雀の姿は、崇高でさえある。三好達治は、天にある井戸の水を汲みに揚がると詠ったが、揭句の雲雀は、それ自体で宇宙を形作っている。とりあえず他にはなんにも要らない。恋の対象である雌鳥すら必要ない。いま、すべては雲雀を中心に回る。雲雀が叫ぶ故に宇宙が存在する、ここここそが世界の中心、究極の天動説。（『静かな水』）季語＝雲雀（春）

10日

毛皮はぐ日中桜満開に　佐藤鬼房

毛皮は、人間が最も初めに手に入れた衣服のひとつだろう。特にアフリカを離れて北方に進出した者たちは、その暖かさなしでは冬を越せなかったに違いない。氷河期を生き延びることができたのもまた、この獣からの賜物のおかげだ。それなのに、日本では中世以来、皮はぎの仕事は差別の対象になった。桜と日の光が充溢した作品空間の裡で、毛皮が太古の輝きを、精気を、取り戻す。（『名もなき日夜』）季語＝桜（春）

11日

さへづりのだんだん吾を容れにけり　石田郷子

囀に聞きほれていると、どんどん体のなかに入ってきて、細胞を膨らましてくれる。体が軽くなっていき、終には空気との境がなくなるように感じられる。鳴声がシャボン玉を作っていて、そのなかに自分も小さなシャボン玉となって浮いているよう。下の草原や藪から聞こえてくる鶯などよりも、高い枝の上から降ってくる四十雀や頬白などの方が、取り込まれていく感じが強い。（『木の名前』）季語＝囀（春）

12日

ゆで玉子むけばかがやく花曇　中村汀女

私たちは鳥の卵を食べる。猿人の状態の時から雑食と推察されるから、卵はたいへんなご馳走だったに違いない。ついには野鶏を家禽とすることに成功し、ブロイラーを作り上げ、卵はいまや一番安い蛋白質となっている。雛を守るためにあるはずのざらざらした殻を剝くと、すでに茹でられている卵は、美しく輝く。鶏をだまし、雛の命をいただいて、私たちも美しく輝く。（『汀女句集』）季語＝花曇（春）

13日

家ぬちを濡羽の燕暴れけり　夏石番矢

その年初めて見る燕の姿は、鶯の声と並んで春の到来の象徴だが、鶯が和歌からもたらされた伝統ある「縦の題」の季語なのに対して、燕は俳諧から始まる俗世界の「横の題」の季語の典型。掲句の燕も、雅びとは程遠く、日本神話のスサノオのごとき荒御魂《あらみたま》を感じさせる。和歌は和御魂《にぎみたま》の世界に終始したのだから、俳諧の登場を待って初めてわが国の文芸の精神世界が完成したと言える。（『猟常記』）季語＝燕（春）

14日

うれしさの狐手を出せ曇り花　原石鼎

日本と中国の文芸は、狐と仲良しだ。狐が化けた人物と友達になったり恋に落ちたり、安倍晴明に象徴されるように子も成す。掲句の狐は、村の家の檻で飼われてでもいるのだろうか。人間に対するように親しげに呼びかけ、咲き満ちた山桜への歓びの気持を共感を込めて表明している。うっすらと曇った空にはらはらと落花が舞う景色は、狐との交情にまことにふさわしい。（「ホトトギス」）季語＝花曇（春）

15日

百千鳥雌蕊雄蕊を囃すなり　飯田龍太

春は命が漲る季節。地球上の生命は全てＤＮＡの裡に、遺伝子を残すことを至上命令とする同じ暗号をもつ。暗号に導かれ、花々は生殖のために麗しくひらく。雄蕊の先には花粉が粒々と盛り上がり、雌蕊は柱頭に粘液を分泌して受粉に備える。それは、恋の呼びかけに懸命に囀る鳥たちより、遥かにあからさまな命の営みだ。春の野山に、豪華絢爛たる生き物の絵巻が繰り広げられる。（『遅速』）季語＝百千鳥（春）

16日

揚雲雀大空に壁幻想す　小川軽舟

まぼろしの壁は、努力を積み重ねても、それ以上は不可能な状態のときに出現する。確かに雲雀が昇っていくさまを見ていると、力を極限までふりしぼって、ぎりぎりの高度まで到達し、そこでふんばっているように思える。もし、さらなる高みへ無謀な飛翔を試みたとしたら、己れを恃む念が強すぎて太陽に灼かれ、真っ逆さまに墜落したイカロスと同じ運命を辿ることになるのだろう。（『近所』）季語＝雲雀（春）

17日

遠足の列恐竜の骨の下　山尾玉藻

今から十年前の平成一四年に、幕張メッセで「世界最大の恐竜博」が開催された。首から尾まで何十メートルもある草食性の巨大恐竜たちが、列を成して悠然と歩いている姿で展示され、骨格標本であるとはいえ、見上げると鳥肌が立ったくらい迫力があった。なかでも最大のセイスモサウルスは全長三五メートルを誇り、CG画像となって人間を見下ろしながら日本橋を闊歩していた。（『鴨鍋のさめて』）季語＝遠足（春）

18日

つまさきに力をこめて巣立ちけり　野中亮介

初めて巣から飛び立つとき、雛は恐怖を感じるのだろうか。映像で見ると、親鳥に促されてすぐに飛び出すもの、兄弟が飛んだので釣られて飛翔するもの、最後までためらって、こちらをハラハラさせてようやく行動に移るもの、と様々だ。でもどの雛も、翼を開く直前、足を使って、巣から体を蹴り出すようにしている。もう後戻りのできない一瞬、鳥として己れを確立する一瞬の、力業。（『馬酔木』）季語＝巣立鳥（春）

19日

永き日のにはとり柵を越えにけり　　芝　不器男

不器男の句は、瞬間を永遠に定着させる。この句の鶏も、スローモーションフィルムを静止させたように、柵を越えかけたところで宙吊りになり、ずっとそこで固定されてしまう。解放への熾烈な欲望のみが結晶化され、解放自体は決して成就しない。そもそも柵の向こう側には、いかなる世界があるのか。「永き日」の夕暮が、永遠の空虚を抱いて茫々と広がっているだけではないのか。（『天の川』）季語＝日永（春）

20日

天日のうつりて暗し蝌蚪の水　　高浜虚子

半村良の傑作SF小説『妖星伝』は、宇宙人の視点から地球の生命の暗黒面を抉った。あまりにも満ち溢れた命は、お互いに喰らい合わなければ生きていけず、このような醜い星は、宇宙に他に存在しないというのだ。「妖星」とは地球のこと。水面が黒く見えるまで犇《ひしめ》いている蝌蚪もまた、池の中に存在する命を喰らい、また喰らわれ、ごく僅かなものが生き延びて蛙になることが出来る。（『虚子全集』）季語＝蝌蚪（春）

21日

うりずんのたてがみ青くあおく梳く　岸本マチ子

「うりずん」は「潤い初め」が語源だという。冬が終わり大地が潤う旧暦三月頃の季節で、本土の春とは趣きが異なり、若葉が盛んに萌え出て、景を青々と染めあげる。この時期から吹き始める南風を「うりずん南風《ばえ》」と呼ぶが、瑞々しい風がくしけずるたてがみは、沖縄の大地そのものを表しているのだろう。いちめんの青葉若葉が風に鳴ると、島全体が若駒のように跳ね出しそうだ。（『うりずん』）季語＝うりずん（春）

22日

千年とひと春かけて鳥堕ちぬ　攝津幸彦

ラテン語で「明けの明星」を意味するルチフェルは、かつては輝かしい羽をもつ至高の天使だったが、神への叛逆のために地上に落とされ、魔王サタンと化す。天使の誇りから、土より創られた人間に仕えるのを拒否した為とも云う。墜落の衝撃で深い穴が穿たれて地獄が生じ、堕天使の長は今も地獄の最も下の奥底に幽閉されている。翼を持つものの、丈高い驕りの果ての失墜。（『鹿々集』）無季

23日

雀の子一尺とんでひとつとや　長谷川双魚

春から夏にかけては、様々な鳥の雛が孵る時季だが、小さな雀の子はとりわけ愛らしい。家の近くに巣作りするので、親しい存在でもある。充分に飛べないうちに巣立つ習性があり、少し離れて親が見守っている。また鴉などと違い、両足を揃えて跳ぶ歩き方をするので、「雀の躍り足」は筆跡の拙いたとえになっている。ああ、雛がやっと一尺ほど跳躍した。ホッと安堵する親鳥と人間。（『ひとつとや』）季語＝雀の子（春）

24日

蝌蚪に打つ小石天変地異となる　野見山朱鳥

私たちはお玉杓子ととても仲良しだ。蛙よりも親しいかもしれない。形が似ているからと音符や精子のことを「オタマジャクシ」の名で呼ぶのは、日本人だけ。なにしろ蛙は卵を沢山産むものだから、池の中は蝌蚪でいっぱい。動きはあまり活発ではなく、いつもは、みんなくっつき合うようにして揺らめいている。だが小石の大砲が撃ち込まれると大騒ぎ。天地が崩れるほどの衝撃なのだ。（『曼珠沙華』）季語＝蝌蚪（春）

25日

大いなる春日の翼垂れてあり　鈴木花蓑

最初にこの句を目にしたとき、手塚治虫の表した火の鳥や伊藤若冲の描いた鳳凰を想った。華麗な大鳥が宙の真ん中に坐し、光り輝く羽翼をめぐらしている。下は海原かもしれない。穏やかな海面に帳を垂らす太陽の光線。春の日輪だからこそ、この柔和で艶《なま》めかしい世界が出現した。この鳥は、空海がもっとも重んじた仏であり、大光明遍照とも呼ばれる大日如来の化身なのかもしれない。（『鈴木花蓑句集』）季語＝春日（春）

26日

うぐひすのケキョに力をつかふなり　辻 桃子

二月上旬の初鳴きの頃は、完璧な「ホーホケキョ」には程遠い。「ホー」のところが充分に伸ばしきれないまま弱々しい「キョ」につながり、「ホキョホキョ」と、いかにも拙い感じに聞こえる。雛祭の時期になると、肺活量も多くなるのだろうか、だんだん整ってきて、声量も豊かになる。「ホー」を長く響かせれば響かせるほど、締めの「ケキョ」に力が籠もって、優美な囀を凛然と終わらせる。（『饑童子』）季語＝鶯（春）

27日

折鶴をひらけばいちまいの朧　澁谷　道

私たちには、祈りのために鶴を折るという風習がある。一羽ですら幾度も折り畳まねばならない鶴を千羽も作ってつなげ、長寿や病気平癒や希望の実現や、ありとあらゆることを願う。折りあげた鶴を、折目から逆に開いてゆき、紙の状態に戻してしまえば、望みはなべて潰えるだろう。空しさの裡に朧と溶けてしまうだろう。私たちは、虚無を封じ込めるために「折る」のかもしれない。（『蕣帖』）季語＝朧（春）

28日

ふはふはのふくろふの子のふかれをり　小澤　實

新たに生まれ出た命が、枝の上で、この世の風に吹かれる。雛は純白の羽毛で覆われ、まさに、ふわふわ。大木の洞の巣から出てきたばかりなのだろう。孵化後しばらくの間は自分では体温管理ができないので、巣穴で母鳥がつきっきりで暖めているという。一ヶ月くらいたつとようやく体がしっかりし、巣から出てくるが、しばらくは近くに居て、親から餌を与えてもらう甘えっこだ。（『砧』）季語＝ふくろうの子（夏）

29日

囀りやもうこゑのなき顔の上

廣瀬町子

囀は云うまでもなく子孫を残すための雄から雌への呼びかけ。一方、死の時期は誰にも選べないので、春爛漫の季節にも人は亡くなる。かつてはいとけなき声で親を追い、震える声で恋を告げ、愛情にあふれた声で子に語りかけたこともある人間が、亡骸となって横たわっている。中空から降りそそぐ、生を謳歌する鳥の声が肉親の胸を貫き、悲しみがきわまる。（『花房』）季語＝囀（春）

30日

戀びとは土龍のやうに濡れてゐる

富澤赤黄男

幼い頃、動物園に特別天然記念物のカモシカが一頭、飼われていた。後に、山道で番《つが》いのカモシカに出会った。まったく違う存在だった。動物園のものは、乾いてぱさぱさの感じだったのが、山で見たものは濡れ濡れと輝き、「アオジシ」「牛鬼」という精気に充ちた別名が、心底納得できる在りようだった。人間も恋すれば、毛物だった頃のしなやかな瑞々しさを取り戻すことができるはず。（『定本・富澤赤黄男句集』）無季

五月

1日

はこべらや焦土のいろの雀ども　石田波郷

日本人がいちばん親しんできた鳥は、間違いなく雀だろう。「舌切雀」の昔話にもあるように、雀はそのままの姿で私たちと話が出来、心を通わせることが可能と思われていた。事実、雀は人の傍でしか巣を作らず、廃村になると姿が見られなくなる。敗戦後、作者が仲間感覚から焦土の色と思った雀たち。少子化に付き合ったわけでもないだろうが、二十年前に比べて数が半減したという。（『雨覆』）季語＝はこべ（春）

2日

春の山屍をうめて空しかり　高浜虚子

虚子の句には、俳号の通り「虚ろ」の存在するものが見受けられるが、掲句にも実に大いなる空虚がある。草木が芽吹き、鳥が囀り、獣が交む、春の山。命が漲っているその下の土には、春になるまでに斃れた数多の屍が埋まる。生の土台になるならば、死は無駄ではないはずだが、虚子は「空しかり」と言い放つ。俳句は極楽の文学との規定は、免れがたい死という地獄があるからなのだ。（『句日記』）季語＝春の山（春）

5月

3日

春尽きて山みな甲斐に走りけり　前田普羅

春の終わりともなれば、ほとんどの山で雪解が進み、黒い土に草木の緑が映える。甲斐は、「山峡」から名付けられたという説があるように、北に八ヶ岳、東に秩父山地、西に南アルプス、南に富士と、標高二千メートルを越す峰々が囲む山国で、国中《くんなか》に甲府盆地がでんと坐る。古雪を脱ぎ捨て、新鮮な緑に輝く山々の群れは、盆地に向かって駆け降りていく獣のような気迫を感じさせる。（『普羅句集』）**季語＝行く春（春）**

4日

雀らも海かけて飛べ吹流し　石田波郷

海辺の集落では高々と鯉幟があげられ、鱗も豊かに、甍の波、雲の波に躍っている。矢車がりんりんと鳴り、吹流しが五色にたなびく。いま浜辺に群れている雀たちも、大空に泳ぐ鯉におとらず、颯爽と飛んでゆけるはず。次の瞬間、雀の群が飛び上がり、きらきらと日の光を受けながらコバルト色の海原を舞台に躍動する。雀をこよなきものに想っている波郷の愛情も、いきいきと輝く。（『風切』）**季語＝鯉幟（夏）**

5日

おそるべき君等の乳房夏来《きた》る

西東三鬼

哺乳類の一員である私たちは、もちろん乳房を持つ。しかし、ほとんどの獣では、雌でも腹部に乳首がつつましやかに露出しているくらいのものなのだ。猿は胸に子を抱いて授乳するが、妊娠中や育児期間でなければ膨らみは目立たない。対して、どういう理由か不明なのだが、人間では女性の胸に澎湃と盛上がり、成熟の象徴ともなった。男性には強迫的にすら感じられる、誘う乳房。（『夜の桃』）季語＝立夏（夏）

6日

もろどりの山深くゐて鑑真忌

矢島渚男

七六歳で逝去した和上の生前の姿を、弟子が彫像として残したと伝えられる「鑑真像」は、芭蕉も「若葉して御目の雫拭はばや」と詠んだように、ただならぬ感銘を見る者に与える。釈迦の涅槃には数多の鳥獣が馳せ参じたが、鑑真入滅の際には鳥たちが山奥にひそんだまま、静かに嘆き悲しんだことだろう。そんな静謐が、いまも瞑想に耽っているかのような和上の姿にはふさわしい。（『木蘭』）季語＝鑑真忌（夏）

7日

祭見にあひると亭主置いてゆく　文挾夫佐恵

明朗闊達な表現で、お祭のワクワク感が伝わってくる。ホントは御亭主と一緒に行きたいのだろうけれど、そうすると家鴨の世話係が居なくなってしまうのだ。賑やかな家鴨の声を背に、別世界の賑わいへと急ぐ。私の実家は東京の神田だったので、神田祭の囃子が聞こえてくると居ても立ってもいられなくなり、玄関にランドセルを放り出して、一目散に駆け出していったものだった。（『天上希求』）季語＝祭（夏）

8日

鹿の子にもものの見る眼ふたつづつ　飯田龍太

生きものの中でいちばん純粋な眼をもつのは、子鹿かもしれない。子猫だって子犬だって子兎だって、可憐で無垢な眼はしている。でも子鹿はそれだけじゃなく、崇高というか、現し世のはるか彼方まで見はるかすような澄みきった瞳だ。親鹿になると威厳が加わるが、子の時期は『白痴』のムイシュキン公爵もかくやと思わせるほどの透明さなので、生きていけるか心配になってしまう。（『今昔』）季語＝鹿の子（夏）

9日

かもめ来よ天金の書をひらくたび　三橋敏雄

小口に金箔を貼った本は、書物の世界での天使のような存在だ。天界に通ずる聖なるものなのだが、神のように畏怖の対象ではなく、もっと親しみやすい。けれど天使のもつ永遠性は欠けていて、いずれは死んでゆく鷗のように儚い。「金」はこの世にあるものとして唯一、永遠を蔵しているのだが、時と共に朽ちてゆく「紙」を荘厳するために使われてしまったので、不滅ではなくなったのだ。（『まぼろしの鱶』）無季

10日

ほととぎす平安城を筋違《すじかい》に　蕪村

夏が来ると、古の日本の貴族たちは時鳥の初声を聴くのを「心もしのに」待ち焦がれたという。鋭い鳴き方からか、この声は人の魂を誘い出すものとされた。特に夜空を鳴き過ぎてゆくのを気付かずに眠っていては、魂が身を離れてしまうと恐れ、一晩、寝ずに過ごしたりもした。今し、碁盤の目のように整然とした平安京を、鋭利な切っ先のごとき声が、斜めに裁ち切ってゆく。（『蕪村句集』）季語＝時鳥（夏）

11日

牡丹見てそれからゴリラ見て帰る

鳴戸奈菜

東京ではちょうど上野に、「東照宮ぼたん苑」があり、隣接して動物園がある。一日をそこで過ごしたのだろうが、牡丹とゴリラって、どっちも威風堂々のところがすごく似ている。ゴリラの特に雄は、とっても巨大で、大概どっしりと坐っていて動かない。牡丹も大輪の花の一族で、あでやかにも重々しく咲き誇っている。この動物と植物は、絶妙のコンビだ。でも眺めている方は疲れそう。（『イヴ』）季語＝牡丹（夏）

12日

子燕のこぼれむばかりこぼれざる

小澤實

燕は、軒下の、雛が天井に頭をぶつけんばかりの隙間に巣作りをすることが多い。一回に産む卵は三個から七個というが、卵の数を予定にいれて巣の大きさを加減しているとも思えない。だから七羽全部が孵ったら、もう大騒ぎ。泥の巣に犇《ひしめ》いて真っ赤な口を開け、押し合い圧し合いしている。落っこちそうに見えるが、どっこい、少しはみ出しても、しまいには巣の中に収まる。（『立像』）季語＝燕の子（夏）

13日

目つむりていても吾《あ》を統《す》ぶ五月の鷹

寺山修司

五月の空間は青い。故もなく若者を駆り立てる。熱烈に何かを望んでいるのだが、なんなのかは分からない。何処か遥かなところへ行きたいのだが、場所は茫漠としている。今の自分とは違う自分になりたいのかもしれないが、縛られてでも居るように身動きがとれない。ひとつ自明なのは、胸中に、鷹のように誇り高い何ものかが蟠踞《ばんきょ》し、ダイナモのように唸りをあげていることだ。（『花粉航海』）季語＝五月（夏）

14日

亀の子のすつかり浮いてから泳ぐ

髙田正子

子亀は、短い四肢をふんばって、転げ落ちないようにおそるおそる、泥の岸を下ってゆく。なかなか健気だが、滑稽でもある。やっと水辺に到着。今度は、水に入るのにまた時間がかかる。まず、首を精一杯伸ばし、前足で岸をうしろへ押すようにして、体を水に乗っける。前半分が水面に出ると、次は後足を使って同じように体の残りの部分を水の上に持っていく。ようやく泳ぎが始まる。（『花実』）季語＝亀の子（夏）

15日

駒鳥やまだ歯にあらき岩清水

千代田葛彦

標高二千メートル前後の亜高山帯まで登ると、樅《もみ》の匂いが芳しい。駒鳥の朗らかな声が聞こえ、大気は初夏の爽やかさだが、日蔭には雪が残っているところもある。岩から滴り落ちる水も、さすがに冷たい。自分の体だけを頼りに山に登って、自然が恵んでくれる水を直接、口にすると、獣だった頃の記憶が甦ってくるようだ。頭脳よりも歯や爪がいきいきと活躍していた、原初の我等。（『旅人木』）季語＝駒鳥（夏）

16日

甘《かん》藍《らん》の畑に犬の顔高し

岸本尚毅

広々とした甘藍畑は、小さな波がいちめんに立っている青い海原のようだ。結球を、牡丹よりもおおらかな緑の葉で囲んだ一つ一つが、行儀良く並んではるか果てまで続き、幻想的な空間を形作っている。その上に突然、犬の頭が飛び出す。なんだか犬のほうも、このどこまでも一様な空間を前に茫然としている感じがして、ひどく可笑しい。どんなにいっぱい在っても、食べられないしね。（『鶏頭』）季語＝甘藍（夏）

17日

青大将この日男と女かな　鳴戸奈菜

この舞台装置では、どうしたって、楽園追放のひと幕を思い浮かべてしまう。悪魔の化身である蛇に誘惑されて、禁断の智慧の木の実を食べてしまった二人は、初めて裸を意識し、恥じて無花果の葉で腰を覆う。でも実態は、突如現れた無毒の青大将を女が怖がり、男がどうにかして追っ払ったのかもしれない。それがきっかけでお互いを意識し恋に陥るなんてことも、いかにもありそう。(『イヴ』) 季語＝蛇（夏）

18日

初夏の街角に立つ鹿のごと　小檜山繁子

半袖のブラウスとスカートから、しなやかに伸びた肢体。恋人を待っているのだろうか、瞳は期待に満ちて活きいきと輝き、はるか遠くを見やっている。ただ立っているだけなのに、若さがあふれ出て、周りの大気まで瑞々しく香る。混凝土に固められた街角に初夏の季感をもたらすのは、街路樹の新緑にも増して、このような若者たちの姿。目にした私たちにも、一瞬、未来が微笑む。(『流水』) 季語＝初夏（夏）

5月

19日

こんばんは守宮の喉に喉仏　川崎展宏

確かに守宮の喉には、ちょっとした膨らみがある。夜、出てくることが多いので、「こんばんは」も頷ける。ヤモリは家の中の蚊や蠅を食べるから「守宮・家守」。イモリは井戸に棲んで、これまた害虫を食べてくれるから「井守」。日本人は昔から、生活を共にする仲間とも思い、有難い存在として感謝もしてきた。しかし今や、古民家の減少等で、東京区部の守宮は絶滅危惧種に指定されている。（『冬』）季語＝守宮（夏）

20日

むず痒き色に夕日の袋角　児玉輝代

袋角は、短い毛が密集して、さわると柔らかく、鹿の体に触れたときと同じように、じっとりと熱い。角というより、微熱を持って膨らんで生えている、赤茶色の大茸のよう。いかにも痒そうな色で、下には血管が網目状に通っているという。そこに夕日がぶわっと当たったなら、蚊に喰われた痕が、お風呂に入るとまた痒くなるように、袋角のむず痒さも一際増しそうな気がする。（『家』）季語＝袋角（夏）

21日

この沢やいま大瑠璃のこゑひとつ　水原秋櫻子

新緑のなかを、水晶のような繁吹をあげて沢水が流れてゆく。いま山中は、淙々と川音のみが響く、少しの穢れも存在しないかの如き清らかな世界。沢に添って登ってゆく人間も、山気に濾過されて下界の濁りが取り去られてゆくようだ。その時、悠然と大瑠璃が鳴き始めた。鶯・駒鳥と並んで日本三鳴鳥のひとつの大瑠璃の美声は、清浄な空間をさらに気高く荘厳する。

（『磐梯』）季語＝大瑠璃（夏）

22日

軍鶏蹴合う百のぼたんの風の中　寺井谷子

伊藤若冲の絵を思わせる、豪華絢爛な宇宙だ。緋色、紅色、桃色、紫、赤紫、薄紅、黄色、もちろん白牡丹も。夥しい牡丹が大ぶりの花を風に揺らし、色の氾濫のなかで、漆黒の軍鶏が蹴爪を躍らせ、風を切って闘う。ここには遠近感が無い。すべてが同一平面上に並置されて、地面には土ではなく、障屛画に悠々と拡がる、あの金色の雲霞が敷かれているに違いない。

（『未来』）季語＝牡丹（夏）

23日

天近き田も水足らひほととぎす　藤田湘子

時鳥の鳴き声は、古の貴族の間では魂を奪うとして畏怖されたが、農民の世界では、夏の到来を告げ、田植を促す存在として親しまれた。田植を監督する者の名を付けて、「田長鳥《たおさ》」の名で呼びもした。天まで至るかに耕された棚田にも無事に水が入り、土一色の世界が急に潤う。時鳥は、その幽邃な水の王国を力強く肯うように、さっきからしきりに声を挙げている。（『神楽』）季語＝時鳥（夏）

24日

父の恋翡翠《かわせみ》飛んで母の恋　仙田洋子

お互いに恋し合う若き親たちを、こんなにも美しく詠った作品は、文学世界でも稀だと思う。中七の空間には、翡翠によって川が招来され、「飛ぶ宝石」とも呼ばれる小鳥が、恋の結晶そのもののように煌き、父と母の間を往き来する。『妹背山婦女庭訓』の舞台では、吉野川を挟んで住む男女の悲恋が満開の桜を背景に繰り広げられたが、こちらの作品の得恋は、翠緑色の玉となって永遠に輝く。（『橋のあなたに』）季語＝翡翠（夏）

郭公《ほととぎす》声横たふや水の上　　芭蕉

芭蕉は時鳥を何句も詠み、和歌の世界で規定されたイメージからの解放を試みているが、掲句は、その頂点ともいえる。鋭い鳴声を、水の上に「横たふ」と表現したことで、水のほうが鋼のごとき強度を帯び、逆に時鳥の声はしっとりと嫋《たお》やかなものとなる。鳥という生身から発せられる声の初々しさが伝わる。音を目に見えるものとして感じとっている、芭蕉の共感覚が素晴らしい。（『藤の実』）　**季語＝時鳥（夏）**

音楽漂う岸侵しゆく蛇の飢　　赤尾兜子

西欧では、蛇は永遠に餓えている。楽園で人祖に禁忌を犯させ、神に呪われる存在となってから、ずっと。わが国でも、八岐大蛇《やまたのおろち》は飽くなき欲望で生け贄を求め、大桶の酒を空になるまで呑む。蛇身と化した清姫は、僧・安珍を恋の炎で焼き殺さずにはおかない。泳ぎゆく蛇の負のオーラが、両岸を腐食してゆく。蛇の前進に伴って流れる音楽は、ショパンの葬送行進曲がふさわしい。（『蛇』）　**季語＝蛇（夏）**

27日

老雞の蟇ぶらさげて歩くかな　飯田蛇笏

『西遊記』には色々な妖怪が登場するが、孫悟空でも敵わなかったうちの一匹が、道士に化けていた多目怪だ。腋の下の一千個の眼から光線を放ち、悟空を痛みで貫く。雌鶏が本性の毘藍婆《びらんば》菩薩に針一本で退治され、巨大な百足の正体を現したあげく、門番にするために菩薩が小指にひっかけて連れていく。魁偉な姿態の蟇を、いとも簡単に咥えて歩く老鶏には、この菩薩と同質の凄みがある。（『山響集』）季語＝蟇（夏）

28日

河鹿鳴けり杉山に杉哭くごとく　高柳重信

河鹿の雄は、地味な体色とは対照的な美声を誇っている。他の蛙も恋の呼びかけは行うが、なんといっても声の王者は河鹿だ。清らかな流れにしか棲まないので、声もひときわ玲瓏と響く。まっすぐに天を指し、勁く澄んだ香りの杉が声を洩らしたとしたら、あのような透徹とした響きになるにちがいない。一山の杉の声は、この世の何を嘆くのか。万物流転か、色即是空か。（『山川蟬夫句集』）季語＝河鹿（夏）

29日

つばめ孵り少女は人にしたしまず　鈴木六林男

小学校高学年か中学生くらいだろうか。ちょっと前までは快活で、誰にでもすぐ打ちとけていたのに、無口になり、部屋に籠もって親との会話も避けるようになった。思春期の少女は、初潮という生々しい形で自らの性をつきつけられるので、精神的に不安定になり、周囲に対して心を閉ざすことも多い。でも、今の状態は卵の中と同じ。いずれは心の殻を破って、新たな自分が始まる。（『荒天』）季語＝燕の子（夏）

30日

いつしかに余り苗にも耳や舌　宇多喜代子

私たちには、付喪神《つくもがみ》の伝統がある。九十九神とも書き、通常は九十九の数に象徴される長い年月、使われたり飼われたりしたものが霊威を持ち、神となる。稲の苗は、玉苗と呼ばれるくらい神聖なものなので、短い時間でも神さびることは大いにありえる。付喪神にも、善神や悪神、妖怪系や獣系、様々あるが、田の隅で、いわば生殺しの状態の余り苗は、どんな神に育ってゆくのだろうか。（『象』）季語＝余り苗（夏）

5月

31日

更衣爪はするどき山の鳥　大峯あきら

更衣の時季の頃までには、ほとんどの鳥は、抱卵・育雛・巣立ちを終えて、家族を解散する。餌を取ってきて、抱卵中の相方に、あるいは雛に与えるという、雌雄の協力関係がなくなり、自力で食べ物を探す単独生活に戻る。鋭い爪は、その象徴。街の暮らしに適応した種類とは違い、特に山中に棲む鳥の孤独な営みは、爪にものを言わせなければ成り立ちはしない。（『紺碧の鐘』）季語＝更衣（夏）

六月

1日

日盛や動物園は死を見せず

高柳克弘

もとより動物園は、人間の好奇心の都合で鳥獣を囲い、視線に曝すための設備だ。捕獲されたものであれ、そこで生まれたものであれ、死までの生活を管理され、自由を許されない終身の牢獄。見物客に一挙一動が見詰められ、顕わになる。しかし、そこで「死」そのものは決して姿を現さない。ぎらつく日射しの下、空っぽの檻は無視され、賑わいが続く。(『鷹』)季語＝日盛(夏)

2日

翡翠《かわせみ》の影こんこんと溯り

川端茅舎

翡翠が、すさまじい迅さで上流へ飛んでゆく。水面に映る影も同じ速度で、流れに逆らって進んでゆく。水はまた、滔々たる勢いで川下へ流れる。川と翡翠の影は、一体となってはいるが進む方向が反対。翡翠の現し身と影は、向かう先は同じだが距離が離れている。三つ巴の目まぐるしい動きに、川の轟音と翡翠の美麗な色彩が加わって眩暈感覚が生じ、最後には不思議な静けさが支配する。(『川端茅舎句集』)季語＝翡翠(夏)

6月

3日

羽抜鳥身を細うしてかけりけり　高浜虚子

羽抜鳥は、本当に情けない。目にする機会が多いのは鶏の羽抜けだが、真っ赤な鶏冠も色褪せ、ごっそり羽が抜け落ちて鳥肌が露出している。食欲もなくなるそうで、見るからに元気がない。特に雄は、いつも胸を張って歩いている威厳はどこへやら、しょぼんとしている。そんな鶏でも、悪童どもがやって来たりしたら、逃げねばならない。半裸状態の身に風を受けながら、懸命に走る。（『五百句』）季語＝羽抜鳥（夏）

4日

水銀のながるるごとし川の蛇　大木あまり

私たちの精神世界では、蛇は雨や雷を呼ぶことが出来、水を自在に操る。金属でありながら液体状の水銀のように、硬質の煌きをもってうねり泳ぐ蛇。川のただなかの、その姿は、水の精そのものだ。ある瞬間は水と一体となって姿を消し、次の瞬間には、日の光に鱗を閃かす。うっとりと見詰める者の前で、いまにも美しい女身に姿を変え、深い水底へと招き寄せそうだ。（『火球』）季語＝蛇（夏）

5日

谺《こだま》して山ほととぎすほしいまゝ　杉田久女

五回繰り返されるO音と、六回反復されるA音、さらに四回の「マ」の音が交響し合い、「谺」と「ほしいまゝ」の措辞が共振して、時鳥の声が句からあふれんばかりに響動《どよ》めく。言葉が意味で終わることなく、原初の、音と観念の幸福な一体化が甦っている。「忍び音」を尊重した和歌以来の伝統世界とは全く異なる、また芭蕉の感得した嫋々《じょうじょう》たる時鳥とも違う、近代にふさわしい時鳥の誕生。（『杉田久女句集』）**季語＝時鳥（夏）**

6日

跳ぶ時の内股しろき蟇　能村登四郎

なんと艶めかしい蟇蛙だろう。この句の蟇もまた、既成の俳句世界には存在しなかったものだ。確かに蟇は、背中側の皮膚は大小の疣《いぼ》で覆われ、色も赤黒かったり青黒かったりと醜い。通常は、こちら側しか目に入らないので、混沌とした生き物のように思われているが、仰向けにすると、腹部と四肢の内側は絖《ぬめ》をふくんだような白さ。跳躍の際に仄見えて、ますます白が妖しく輝く。（『易水』）**季語＝蟇（夏）**

7日

下闇に鳥の目ヒッチコックの眼　有馬ひろこ

ヒッチコックの『鳥』は、怖かった。原作の小説には「餌の激減」という理由が明示されていたそうだが、鳥たちが何故、人間を襲うようになったのか、まったく分からないところが特に怖かった。カミュやサルトルの実存主義以来、存在の根拠を完璧に喪失した私たちの不安を鋭く抉った映画。掲句の樹下の無数の鳥の目の奥に、ヒッチコックの皮肉たっぷりな眼差しが騙し絵のように隠れていそうだ。（『アールヌーヴォー』）季語＝木下闇（夏）

8日

蝦《ひ》蟇《き》よわれ混沌として存《なが》へん　佐藤鬼房

『荘子』によると、混沌には目も耳も鼻も口も無かった。歓待された二人の帝王が、お礼に五感のために必要な穴を穿つのを思いつく。一日に一つ、穴を開けて、七日目に完成したとき混沌は死んでいた。あらゆる矛盾を抱えこんだ、大いなる無秩序としての「混沌」。それこそが荘周の思い描いた世界の核心だった。地上に生きる動物の先祖に最も近い蝦蟇もまた、ひとつの混沌としての存在。（『半跏坐』）季語＝蟇（夏）

9日

郭公や何処までゆかば人に逢はむ　臼田亜浪

滴るような緑の、芳しい樹々のあいだの道を、独り歩いてゆく。初めのうちは、鳥の声や川の音しか聞こえてこない静けさが好もしく、山の自然を堪能していたのだが、何時間歩いても人っ子ひとり居ないとなると、人間界が少し恋しくなってきた。このまま先に進んでいったら、二度と里には帰れなくなるようにも感じられてくる。郭公の陽気な鳴声が、余計に孤独感を深める。（『亜浪句鈔』）季語＝郭公（夏）

10日

わが湖《うみ》あり日蔭真暗な虎があり　金子兜太

フロイトの提唱したリビドーを思わせるような、心中の景色。湖は、表面上は日を燦爛と受けて穏やかに凪いでいるが、不可視の水中は轟々と渦巻いている。藻なんかも鬱蒼と絡み合っていそうだ。まったく日が射さない蔭は、ひたすら暗い。そのなかには、闇と見分けがつかないほど暗い虎が蹲っている。虎はいまは雌伏の状態だが、いつか湖をわが物にせむと行動を開始するに違いない。（『金子兜太句集』）無季

11日

夫恋へば吾に死ねよと青葉木菟　　橋本多佳子

死が奪い去った恋人には、この世では二度と逢えない。世界的な悲恋物語の典型となっているシェークスピアの悲劇でも、仮死の毒によって墓に入った恋人を死んでしまったと誤解したロミオは本物の毒を呷《あお》り、それを知ったジュリエットも短剣で喉を突いて後を追う。絶望は、それほどまでに深い。短夜に「ホッ、ホッ」と溜息のような声をあげる青葉木菟に、ひときわ慕情が募る。（『紅絲』）季語＝青葉木菟（夏）

12日

形而上学二匹の蛇が錆《さび》はじむ　　鳴戸奈菜

互いの尾を噛む二匹の蛇は、エンデの『はてしなき物語』の宝のメダル・アウリンにも刻印されていたが、ギリシャのウロボロス等、世界中で完璧なる世界の象徴となっている。錆び始めた蛇は、もはや荒廃を救う力をもたない。原子力をエネルギーとして使うまでになった物理学も、源は形而上学に発する。３・11後の私たちは、哲学の輝きで滅びを食止めることが出来るのだろうか。（『天然』）季語＝蛇（夏）

13日

明易や花鳥諷詠南無阿弥陀　高浜虚子

まだ幼かった四女・六子《ろくこ》が肺炎で逝くのを看取ったとき、虚子は「凡てのものの氓《ほろ》びて行く姿を見よう」と記した。虚子の俳句世界では、鳥獣も虫魚も草木も、黴から銀漢に至るまでなべての存在が、この世に在っていずれ滅んでゆく、懐かしい仲間なのだ。短い一世の間に出逢えた季語を相手に、念仏を唱えるように作り続けた句の群れは、そのまま大いなる形而上学になっていると思う。（『虚子全集』）季語＝短夜（夏）

14日

蟇歩く到りつく辺のある如く　中村汀女

水の中の世界しか知らなかった動物が、肺呼吸を獲得し、鰭《ひれ》を四つ足に変え上陸を決行して、両生類が誕生する。化石からみると身体が重かったようなので、蛙のごとき跳躍はムリ。蟇のようにゆっくり動いていたはず。蟇は、私たち人類の大先輩なのだ。庭などを悠々と進んでいくのを目にすると、確固たる目標があるかのように思われる。少なくとも人間よりはずっと自信に満ちている。（『汀女句集』）季語＝蟇（夏）

6月

15日

おもしろうてやがてかなしき鵜舟かな

芭蕉

談林派の作品であれば、滑稽なだけで充分だったろう。「やがてかなしき」まで到達する世界を構築したことで、今日まで伝わる俳諧となった。『日本書紀』の神武天皇の条に現れるほど、日本の鵜飼の歴史は古い。中国の隋の時代を扱った史書『隋書』にも、珍しい風習として倭の鵜飼が記載されているという。鵜匠の技はすばらしいが、人間の身勝手の極致でもある。

（『曠野』）季語＝鵜飼（夏）

16日

灯るごと梅雨の郭公啼き出だす

石田波郷

郭公の声は、好天に恵まれたときだと、眩しいくらいに陽気。特に空気の澄んだ状態の高原では、軽やかに鳴きたて、こちらも元気が湧いてくるようだ。しとしと降り続ける青梅雨の中でも、うるおいは帯びるものの、明るさに変わりはない。今しも、雨に茫々と煙る緑深き森で鳴き始めた。薄暗い樹々の裡に、仄明るく灯が点ったかのよう。それは、郭公のたましいの明るさかもしれない。（『惜命』）季語＝郭公（夏）

17日

おおかみに蛍が一つ付いていた　金子兜太

絶滅したとされるニホンオオカミの最後の個体の捕獲は、紀伊半島東部の大台ヶ原山地だった。その地に狼がまだ生存していると信じ、退職後の後半生を探索に賭けた新聞記者がいたように、現在でも山間部では狼目撃情報を募るポスターを目にするという。こんなにも熱く思われている存在なのだから、夢枕にならきっと姿を現す。神々の国・常世《とこよ》から来た証しに、きらめく蛍を伴って。(『東国抄』) 季語＝蛍(夏)

18日

筒鳥の風の遠音となりにけり　三村純也

夏に日本に渡ってくるホトトギス科の四種の内、十一だけは羽の色彩が異なるが、時鳥・郭公・筒鳥は、素人目には見分けがつかないほどよく似ている。ところが、鳴声を聞くと一目瞭然ならぬ一耳瞭然、まったく違う。筒鳥の声は、遥か彼方の鼓の音のように、とても儚い。近くで鳴いていても、ずいぶん距離があるように感じる。いわんや風が吹いて遠くからなら、まさに幽《かそけ》き声となる。(『常行』) 季語＝筒鳥(夏)

6月

19日

髪乾かず遠くに蛇の衣懸る　橋本多佳子

爬虫類はみな脱皮を行なうのだが、ほとんどは皮がバラバラに剝けて落ちるので目立たない。蛇は頭から尾まで、全身の皮をひとつながりにして脱ぐ。脱皮直前には鱗のひかりも鈍くなり、眼の表面も曇って、元気がないが、古皮を脱いで復活する。濡れたようにかがやき、精気が充ちる。濡れた黒髪のまま佇んでいるのは、蛇が化した女身。脱ぎ捨てた衣だけが遠くの幹に揺れている。（『海彦』）季語＝蛇の衣（夏）

20日

失恋に三光鳥がホイと言ふ　小林貴子

三光鳥の声は「ツキ、ヒ、ホシ、ホイホイ」と聞きなす。「月・日・星」で三光というわけだ。とても豪華な名前だが、声の調子は気さくで、ユーモアもただよい、すぐに親しくなれそうな感じ。特に最後の「ホイホイ」のところは明るい。失恋で深く落ち込んでいる時でも、三光鳥が聞こえたら「また、いいこともあるよ」と慰めてくれるようで、すこし元気を取り戻せるかもしれない。（『北斗七星』）季語＝三光鳥（夏）

21日

棲めば吾が青葦原の女王にて　竹下しづの女

葦は一年で、茎は最大六メートル、地下茎は五メートルも伸び、夏ともなると「豊葦原」の表現にふさわしい世界を形作る。そこに君臨する女王とは、いったいどのような姿なのだろうか。大和島根の美称でもある豊葦原を統べるには、人間では明らかに貫禄不足。葭切は沢山居て囀っているが、あれは女王に仕える侍女たちだ。わが国最大の鷺である青鷺か、はた根の堅洲国《かたすくに》に住まう妣神《ははかみ》・伊邪那美命《いざなみ》か。（『颯』）季語＝青蘆（夏）

22日

首筋のかしこさうなる蜥蜴かな　本井　英

アメリカの神経学者が唱えた、人間の脳は進化による三層構造を成すとの仮説で、爬虫類脳は一番原始的な脳とされ、呼吸・血圧・体温や防御行動を司る。確かに爬虫類の生は、シンプル・イズ・ベストだけで成り立っているように感じられる。それでいて両生類よりは行動が素早い。特に蜥蜴は風のように逃げる。大脳はものすごくちっぽけなのだが、脊髄を貫く神経系が賢いにちがいない。（『夏潮』）季語＝蜥蜴（夏）

6月

23日

万緑の中や吾子の歯生え初むる

中村草田男

私たちのように、機能による複数の種類の歯を持つのは、哺乳類になってからの出来事だ。歯の種類と数を表す歯式は、哺乳類の系統学・分類学上、重要な指標のひとつとなっている。ホモ・サピエンスの特徴の三二本の歯の数が、日本や欧米では明らかに退化の道を辿っている。親知らずが生えなくなっているのだ。「先進国」に顕著に見られる、動物としての衰退現象の、これは最たるもの。（『火の島』）季語＝万緑（夏）

24日

疲れ鵜の鵜匠の蓑を噛みてをり

尾池和夫

有名な長良川の鵜飼では、鵜匠は十羽から十二羽の鵜を遣う。鵜の首には手縄《たなわ》が巻かれ、ある程度以上の大きさの鮎は呑み込めないように調節して締めてある。鵜は学習能力が高いとはいえ、もともと野生。鵜匠は捕獲された鵜と一つ屋根の下で生活を共にし、二、三年かけて一人前に育てあげるという。鮎捕りに疲れた鵜が甘えるように、鵜匠が腰に巻いた蓑を噛む。信頼関係の証しだ。（『大地』）季語＝鵜飼（夏）

25日

一念の亀の子亀の子海に入る　宇多喜代子

浜松の砂丘で、孵化した子亀を海際まで運ぶ放流会に参加した。本来なら子亀は、夜の海面が地上より明るいのを目印に、海の方角へ這ってゆく。ところが人間が街を光の巷にしたために、錯覚して海と反対の方角へ進んでしまうのだ。どこまで這っても母なる海に行き着かない絶望。疲れ果てての死――。放流会では、掌から放たれた子亀たちが、われ先にと海に入り、歓喜して波に浮かんだ。（『半島』）季語＝亀の子（夏）

26日

雪渓に山鳥花の如く死す　野見山朱鳥

柿本人麻呂に「あしびきの山鳥の尾のしだり尾の」と詠われたように、この鳥の尾はみごとに長い。すらりとした姿も雉子の仲間だけあって、絢爛豪華でこそないが、赤褐色を主調としたさざ波のようなグラデーションが美しい。真っ白な雪渓の上に横たわっていたなら、さぞ美麗の極みであったろう。死んでいるとも思えない、花のごとき姿。山神が口づけしたなら、蘇るかもしれない。（『雪渓』）季語＝雪渓（夏）

6月

27日

茱萸《ぐみ》ほどの智慧大切に昼蝙蝠　齋藤慎爾

哺乳類で翼を獲得したものは、ムササビやヒヨケザルなど何種かあるが、蝙蝠のように完璧な飛翔能力を持つ存在はない。超音波を駆使して獲物を捕える高等技術も持ち、世界中に分布域を拡げて繁栄を誇る。そんな蝙蝠も、危険な時間帯の昼間は身を守るために、洞窟などに肩身が狭い様子でぶらさがる他はない。智慧を茱萸に喩えたのが、蝙蝠が隠し持つ可憐さを見事に言い当てている。（『夏への扉』）**季語＝蝙蝠（夏）**

28日

夏の闇鶴を抱へてゆくごとく　長谷川　櫂

木下順二は、山本安英主演の「夕鶴」で鶴の清らかな世界を描ききったが、その源には「鶴女房」や「鶴の恩返し」等の各地の民話の宇宙がある。私たちは昔から、白妙の翼もたおやかに悠々と天翔《あまがけ》る鶴に、深い憧憬の念を抱いてきた。此の世ならぬ神聖な存在を、いっときでも自らのものにしたいという想い。濃厚な闇の中での聖なるものとの交わりは、しかし殆どの場合、滅びへの道。（『現代俳句の鑑賞事典』）**季語＝夏の闇（夏）**

29日

青大将実梅を分けてゆきにけり

岸本尚毅

たわわに実った梅の枝が舞台。千両役者のごとく、青大将の登場。青大将は本州最大の蛇で、全長二メートルにもなる。濡れた緑青のような色合いが奥床しく、幽邃《ゆうすい》の感を与える蛇である。主な餌である鼠がいる人家の近くに多く、逆に深山にはほとんど見られない。「分けて」の表現に、梅の実のおおどかな曲線に挟まれた空間を、滑るように進んでゆく蛇身が見え、仄かなエロティシズムが漂う。（『舜』）季語＝蛇（夏）

30日

磨崖仏おほむらさきを放ちけり

黒田杏子

蝶はもちろん昆虫の一種で、鳥でも獣でもない。だが、この大紫はまるで巨鳥のような大きさに感じられる。御仏が鎮座する断崖から飛び立つ、美麗極まりない夏蝶。孔雀明王が孔雀に、普賢菩薩が白象に、梵天が鵞鳥に騎乗するように、大いなる蝶の背に乗る仏様がいらしてもよさそうだ。釈迦入滅の五六億七千万年後に此の世に降りるといわれている弥勒菩薩なんか、ぴったりかも。（『木の椅子』）季語＝夏の蝶（夏）

七月

1日

蟾蜍《ひきがえる》長子家去る由もなし　中村草田男

戦前までの日本は、「家」が絶対だった。明治三一年に制定された民法は江戸時代の家父長制の名残を曳き、戸主に家族全体を支配できる統率権限を与えていたので、家を否定することは自らの存在を消すにも等しかった。志賀直哉を初め、家の重圧は様々な文学作品に描かれたが、蟾蜍に自らの思いを託した草田男の句もまた、現代の読み手にまで、長子の心底をしみじみと伝えている。（『長子』）季語＝蟇（夏）

2日

虹の根を千年抱いて霓《げい》となるか　大石悦子

宙に七彩の円弧を成す帯を、古代の中国文化は天空を巻いて閃く龍と感得した。はっきり見える部分を「虹」として雄の龍、その外側に薄くかかる副虹を「霓」と記し雌の龍と、書き分けた。儚い人の身に生れてきても、もし虹の根もとまで行き着くことが出来たら、その根をしっかり抱き、千年ものあいだ離さずに抱き続け、龍となれるかもしれない。霓となって、虹と共に天空に舞う夢。（『耶々』）季語＝虹（夏）

3日

来世には天馬になれよ登山馬　鷹羽狩行

毎日毎日、登山馬は、人間を乗せて山の高みへ運んでゆく。酸素の少ない場所での労働は、平地で動くよりしんどいだろう。昔は人間が山に登るのは、宗教的な行事だったが、今は黙々と山道を登る馬のほうが、よほど修行の研鑽を積んでいるように思える。作者に伺ったら、富士山五合目の登山馬だそうで、霊峰富士での修行なら、成道して天馬になれること、間違いなしだ。（『八景』）季語＝登山（夏）

4日

夏鶯道のをはりは梯子かな　田中裕明

夏鶯が鳴く山道を進み、突当たった岩場に鉄梯子がかかっている。現実の景は、そんなものだったのだろうが、掲句の裡では、道の先に無の空間が突然出現したかのようだ。そこに懸かる垂直の梯子は、『旧約聖書』の、ヤコブが夢で見たという「天使の梯子」を想像させる。「空へゆく階段のなし稲の花」と詠んだ作者だが、清澄な作品群を遺して、若くして天使の梯子を上っていってしまった。（『先生から手紙』）季語＝老鶯（夏）

5日

巌割って生れし如き蜥蜴かな

大串　章

全長三メートルにも達するコモド島の大蜥蜴がコモド・ドラゴンの名で呼ばれるように、蜥蜴は現生動物のなかでは一番、恐竜のイメージに近い。ごつごつした巌の群を背景に動きまわっていれば、まさにジュラ紀とか白亜紀の空間を思わせる。たとえそれが、わが国に棲息する小さな種類のうちの一匹であろうとも、エメラルドの輝きを誇る青蜥蜴ならば、みごとに恐竜の世紀の一員たり得る。（『天風』）季語＝蜥蜴（夏）

6日

鵜の真似をして濡れている少年よ

久保純夫

この句のどこか寂しげな少年には、鵜草葺不合命《うがやふきあえずのみこと》と呼ばれた、母の居ない少年の俤がある。龍宮に釣針を探しに来た山幸彦と結ばれた豊玉姫は、浜の産屋を鵜の羽で葺き終えないうちに出産する。山幸彦に、見るなと厳命していた産屋を覗かれ、本来の八尋鰐《やひろわに》の姿を見られてしまった姫は、恥じて子を置いて龍宮に帰ってゆく。折口信夫の「妣《はは》の国」の考察の対象の一つとなった神話だ。（『熊野集』）季語＝鵜（夏）

7日

蟇誰かものいへ声かぎり　加藤楸邨

和歌の時代には打ち捨てられ、俳諧が復権させた季語の代表的なひとつが、蟇だ。『古事記』には、大国主命のもとにやって来た小さい神の名を誰も知らなかったのを、蟇が「案山子ならきっと知っている」と教える智者として登場。芭蕉も蕪村も詠んで以来、立派な季語の一員として活躍している。この句の場合も、鬱屈し、切羽詰った作者の心情を仮託するのに、蟇以上の存在は考えられないほどだ。（『颱風眼』）季語＝蟇（夏）

8日

やませ来るいたちのやうにしなやかに　佐藤鬼房

「やませ」は、梅雨明け後に、主に東北地方の太平洋側に吹く冷たい風で、作物の実りに致命的な冷害をもたらす。宮沢賢治が「サムサノナツハオロオロアルキ」と詠ったのは、「やませ」による明治三八年の大凶作だった。海から、白く冷たい濃霧の帯の姿となって上陸し、あたかもしなやかな獣のように変幻自在に形を変えて、津々浦々に入り込み、田畑に襲いかかる。（『瀬頭』）季語＝やませ（夏）

9日

青高原わが変身の裸馬逃げよ　　西東三鬼

フランスのラスコー洞窟には、一万五千年ほど前の旧石器時代に、クロマニヨン人によって描かれた見事な馬の絵が遺されている。野原を飛ぶように疾走する姿に、私たちの祖先は憧れの眼差しを投げかけたことだろう。清々しい風が吹きわたる真夏の高原に、今、一頭の馬が立つ。軛《くびき》も鞍も無い、一切の束縛から放たれた姿のまま、わが魂を宿して、この世の果まで走れ！（『変身』）季語＝夏野（夏）

10日

水ゆれて鳳凰堂へ蛇の首　　阿波野青畝

十円玉のデザインでおなじみの鳳凰堂は、極楽浄土を地上に現すために作られた浄土庭園の中にある。仏師・定朝作の阿弥陀如来が安置され、前に広がる池は、蓮の花の咲き匂う宝池に相当する。その浄土曼陀羅に、突如現れた蛇。ぬっと首を上げて、御堂の方へ泳ぎ寄ってくる。緊張が走り、不穏な空気が漂う。水面だけではなく、静かにも厳かな浄土自体が揺らぎ出すのだ。（『春の鳶』）季語＝蛇（夏）

11日

獣屍の蛆《うじ》如何に如何にと口を挙ぐ　中村草田男

蛆には目も鼻も足も無く、円筒形の体の先端に口だけが存在する。嫌われ者の蛆だが、生態系においては、死んだ動物を分解処理するという大事な役割を負っている。何の獣の死骸だろうか、今しも分解作業の真っ最中の蛆は、口を振りたてて、私たちに、自らの存在意義を訴えているかのようだ。それにしても蛆が主役を務める詩は、世界広しといえど、俳句にしかないのでは。（『母郷行』）**季語＝蛆（夏）**

12日

夕風や水青鷺の脛《はぎ》をうつ　蕪村

青鷺は我が国最大の鷺。その名のとおり蒼味がかった、利休鼠と呼びたいような淡灰色の羽毛で被われている。胸もとには真っ白な長い飾り羽がそよぎ、漆黒の眉斑もすっきりと、悠揚迫らざる姿で水辺に立つ景は、いかにも涼しげだ。暮れ方、風によって生れたさざ波が、鷺のほっそりとした脛を打つ。夕べの仄明りのなかの青鷺は、水の精が顕現した姿なのかもしれない。（『幣袋』）**季語＝青鷺（夏）**

13日

はんざきの傷くれなゐにひらく夜　飯島晴子

大山椒魚は全長一メートルを超えることもある、世界最大の両生類。人間に捕らわれたのだろうか。傷もその時に負ったのかもしれない。今は特別天然記念物となって捕獲禁止だが、以前は食用にしていた。北大路魯山人は、さばいた際の強い山椒の香りを随筆に記している。傷は相当大きくて、深そうだ。芬々《ふんぷん》と香を放ちながら真紅にうち開き、花火のごとく夜空全体に拡がってしまうかのよう。（『儚々』）季語＝山椒魚（夏）

14日

老鶯やしろがね炎《も》ゆる昼の海　高山れおな

実景は真夏の晴天なのだが、白銀の炎に燃え立つ海原は「ヨハネの黙示録」めいて、生き物が殆んど死に絶えた世界を想像させる。長く響く夏鶯の声も、天使の吹き鳴らす災いの喇叭にも思える。私たちの地球は、幾度もこのような燃え立つ海を経験した。近くは六千五百万年前、隕石の衝突による、現在存在する核弾頭の十万倍という猛烈な爆発で、恐竜を初め数多の生き物が絶滅したのだ。（『荒東雑詩』）季語＝老鶯（夏）

15日

炎昼の馬に向いて梳《くしけず》る　澁谷道

『遠野物語』には、馬と娘の悲恋が載っている。家の飼い馬を可愛がっていた娘は、ついに馬と交わる。それを知った父親は怒って、馬を木に吊るして殺す。娘が馬に取りすがって嘆くと、父はさらに怒り、馬の首を刎ねた。娘はその首に飛び乗り、そのまま天空へ昇って、オシラ様になったという。今しも娘は丈長き黒髪を、馬の前で挑むかのようにせつせつと梳る。外は眩いばかりの炎天。（『蘡』）季語＝炎昼（夏）

16日

口中一顆の雹を啄み火の鳥や　三橋鷹女

死の必然を自覚する唯一の種である人間は、遥か昔から不老不死を追い求めてきた。火の鳥も、その代表的な象徴のひとつだ。数百年に一度、自ら猛火のうちに飛び込み、焼死して後、灰の中から幼鳥となって蘇るとされる。掲句の火の鳥は、幾度も幾度も己が身を焼き尽さずにはおかない、激情を表しているように思える。つめたい雹を口中に含むことで、かろうじて抑えられる激情。（『羊歯地獄』）季語＝雹（夏）

17日

蛇逃げて我を見し眼の草に残る

高浜虚子

蛇が「畏怖すべきもの」として神に祀られたのには、四肢が無い、完全なる脱皮、毒を持つ等、様々な理由があるが、独特の眼も、その有力なひとつ。まぶたを持たない動物は、魚類以外では蛇だけなのだ。従って、まばたくということが無く、目を光らせたまま対象を凝視し続ける。八岐《やまたの》大蛇《おろち》の怖ろしさも先ず目から描写されたほどの眼光が、残像として刻み込まれ、心が波立ちやまない。（『五百句』）季語＝蛇（夏）

18日

夕顔ほどにうつくしき猫を飼ふ

山本洋子

夕顔と猫とくれば、誰しも『源氏物語』を思い浮かべる。「夕顔」の巻では、源氏が垣の夕顔に目を留めたのがきっかけで心を惹かれ、逢瀬を重ねた女が、物の怪にとられて一夜で身罷ってしまうし、「若菜」では、飼猫の綱によって御簾がめくれ、柏木がかねて恋慕していた女三の宮の姿を垣間見て、密通の引き金になってしまう。掲句の飼い猫はきっと、現のものとは思えないほど美貌なのだ。（『木の花』）季語＝夕顔（夏）

19日

夜鷹鳴きいつも何かに急かれゐる

棚山波朗

人生初めて焦燥感を抱いたのは、いったい何時のことだったろうか。夜も遅いのに宿題をやっていなかったときか、朝の教室で忘れ物に気付いたときか。思えば、小さい頃から、いつも何かに急かされて、成長するに従って焦りも累増してきた。社会人になってからは尚のこと。束の間の余暇で山に来ても、夜鷹の悲哀を帯びた鳴声を耳にすると、たちまち日頃の焦燥感が甦ってくる。(『雁風呂』) 季語＝夜鷹(夏)

20日

白鷺のみるみる影を離れけり

小川軽舟

静かな汀に、長い時間佇んでいる白鷺。すらっとした首も脚も、柔らかな曲線を描く身体も、微動だにしない。白い羽毛が時折、風にかすかにそよぐだけだ。水面には、等身大の影がくっきりと刻まれている。と、魚を待つのに飽きたのだろうか、脚を垂らしたまま、すっと飛び立った。未だ水上に映っている影から身を引き剝がすかのように。あっという間に、鷺と影との間隔が開く。(『近所』) 季語＝白鷺(夏)

21日

短夜の子を宿す身のほの明り　辻　美奈子

私たち哺乳類は、母乳で子を育てることは勿論だが、胎盤を持つことによっても進化してきた。卵生と胎生のもっとも大きな違いは、胎児が得ることのできる酸素と栄養量なのだという。胎盤を通じて母親から直接、常に新鮮な酸素と栄養をもらうことが可能になったのだ。胎児が浮かんでいる半透明の胎盤は、仄々とした明るさそのもの。さらに夏の明け方の仄明りが、母体を柔かく包む。（『真咲』）　季語＝短夜（夏）

22日

青大将太平洋に垂れ下がり　大串　章

海に向かって張り出した崖の枝から、蛇が下がっている光景だと思うが、「太平洋に垂れ下がり」との措辞で、ものすごく大きく感じられる。もともと、日本本土では最大の長さの種類ではあるが、北欧神話に登場する、人間界を取巻いて海中におのれの尾を咥えているヨルムンガンドや、エジプトの太陽神ラーの夜の航海を守護するメヘンなどの、伝説的な存在の大蛇の仲間に思えてくる。（『天風』）　季語＝蛇（夏）

23日

柔かく女豹がふみて岩灼くる　富安風生

しなやかな動きを誇るネコ科の肉食獣の中でも、豹が一番であることに異論はないだろう。まして雌ともなれば、たおやかさの極致。美麗な斑紋をうねらせ、真夏の光のなか、ゆるやかに岩を歩む。以前は動物園の檻は、大型肉食獣の場合は混凝土の床で、これまた無粋な混凝土製の岩を配するものがほとんどだった。そんな環境でも、雌豹の女王のごとき優雅さは、少しも損なわれない。（『愛日抄』）季語＝灼くる（夏）

24日

炎天に一筋涼し猫の殺気　西東三鬼

猫はまさに普段は「猫を被って」いて、飼主に擦り寄っては甘えた声で鳴いたりしているが、身近に小鳥などが動いていると、遺憾なく野性を発揮する。雀だろうか、四十雀だろうか、今、対象にきらりと眼差しを投げ、全身が緊張で張詰める。身を低くし、じりじりとにじり寄る。充分に満を持して、殺気を放ちながら、ぱっと相手に飛びかかるのだが、たいていは失敗に終わる。（『変身』）季語＝炎天（夏）

25日

鰺刺や肺腑つめたきものを欲る

光部美千代

鰺刺の飛翔は、たいへん鮮やかだ。代表的な海鳥の鷗類が水に潜れないのとは対照的に、獲物を見つけるや一気に急降下してダイビング、すばやく嘴に捕らえる。姿の点でも、翼も嘴も尾の先端まで鋭角で、その水面に突き刺さるような動きから、アジサシの名がついた。見ていると、魚を捕獲するスピード感に乗せられて、思わず息を止めてしまう。乾ききった肺が瑞々しさを求めてあえぐ。（『色無限』）季語＝鰺刺（夏）

26日

絶《ぜっ》巓《てん》はさびしきかなや岩ひばり

福田蓼汀

もともと私たちの文化にとって山は、神として、また祖《おや》たちの魂が棲む場として、厳かながらも慕わしい異界であった。近代になって西欧アルピニズムの導入により、山に登ることが純粋な目的となり、登山が盛んになりはしたが、私たちの心根には未だに、山を崇敬の対象として仰ぎ見る慣わしが残っている。天空に聳え立つ絶巓。孤高の帝に仕えるかに、岩ひばりが鳴きながら過る。（『暁光』）季語＝岩ひばり（夏）

27日

南都に学び北嶺に入り墓となる　　星野石雀

比叡山の延暦寺を北嶺と称するのに対し、奈良の興福寺を南都という。最澄の開山の頃、興福寺は法相宗が隆盛を極め、優れた学僧を輩出した。そのうちの一人である徳一と最澄とは、どちらの教えが正しいかをめぐって激烈な論争を繰り広げたが、興福寺で学んだ掲句の僧は、最澄の説に魅せられ、その弟子となったに違いない。最後は仏教の全てを見限って、比叡の墓と化したのだろうか。（『延年』）季語＝墓（夏）

28日

大旱の赤牛となり声となる　　西東三鬼

私たちの主食の米は、育つにあたって、他のどんな穀物よりも水を必要とする。苗はいちめん水を張った田に植えられるし、梅雨がたっぷり降っても、真夏に旱魃になるとたちまち成育不良に陥り、ひいては秋の収穫も覚束ない。ぎらぎらと恐ろしくも静かな旱空が、そのまま凝って出現したかのような巨大な赤牛。牛の咆哮がひびく。一滴の雨も寄せつけないような声だ。まだまだ旱が続く。（『夜の桃』）季語＝旱（夏）

29日

森の奥では／しすしすしす／ひとめをしのぶ／蛇性の散歩

高柳重信

人間が人以外の存在と交わる物語は、西欧の場合は神や人が動物に変身するのに対し、わが国初めアジアでは動物そのものが人に姿を変える場合がほとんど。蛇女房の民話も各地にあるが、白眉は『雨月物語』の「蛇性の淫」だろう。今でも森の奥深く、蛇が幽《かそけ》き音を曳きながら這いずり、美しい女と化す機会を窺っているかもしれない。（『蕗子』）季語＝蛇（夏）

30日

鳥食《とりばみ》のわが呼吸音油照り

佐藤鬼房

「鳥食」は本来は、饗宴のあとに料理の残り物を庭に投げ、下衆《げす》などに拾い取らせるのを言うそうだが、ここでは、鳥が餌を啄ばむ時のように、僅かずつしか食べられない状態を表しているのだろう。若い頃は、息継ぎなど気にしないで勢いにまかせて食べられたのに、年老いては咀嚼するにも呼吸が激しくなり、肋骨が上下する有様。容赦なく照りつける太陽が、いっそう息を荒立たせる。（『鳥食』）季語＝油照（夏）

31日

夜の森を往く虎ありてわが夏よ　中山玄彦

濃密な密林を描いた、アンリ・ルソーの絵を思わせる。凝縮された大気のなか、奥行のない空間には真緑の草木がぎっしりと犇《ひしめ》き、大輪の妖しい花々が夢魔のように展く。一頭の虎がゆっくりと歩を運ぶ。しかし、胸中に密閉された世界は何処ともつながっておらず、虎は空しく、ただ行っては戻ってくるばかり。熱帯夜の気だるい暑さだけが、毎夜の夢を通じて流れ込んでくる。（「鷹」）季語＝夏（夏）

八月

1日

旱雲犬の舐めたる皿光る

原子公平

もう何日も雨が降っていない。雲が重く垂れ込めているのみで、風も吹かない。じっとしていても噴き出してくる汗。扇風機も空気を掻きまわしているだけ、むしろ熱風を送ってくるように感じられる。人間に比べると、犬は元気だ。今も、アルミの皿に置かれた餌を平らげ、綺麗に舐めあげたところ。唾液で光っている皿が目に入ると、さらに暑い。今夜もきっと寝苦しいに違いない。（『海は恋人』）　季語＝旱雲（夏）

2日

炎昼の胎児ゆすりつ友来る

野澤節子

人間は哺乳類としては頭が大きくなりすぎてしまったため、未熟児の状態で出産せざるをえない。他の種類の動物のように成熟まで胎内にいると、骨盤を通り抜けられないほどの頭になってしまうというのだ。さらに直立二足歩行なので、どうしても腰に負担がかかる。腰痛は種としての必然といえる。本来の体重に加わった胎児の重みを腰に支えて、たくましく妊婦が近づいてくる。（『鳳蝶』）　季語＝炎昼（夏）

3日

三伏の月の穢に鳴く荒鵜かな　飯田蛇笏

鵜飼には全て川鵜より体格が大きい海鵜を使い、訓練のために鵜匠が二、三年は暮らしを共にするという。大海原を生活圏として、自由に飛びまわっていた鵜が、家の中で飼われ、それまでとまったく異なる世界での暮らしを強いられるのだ。暑い盛りの、赤く爛れたような月に向かって、連れて来られたばかりの荒鵜が高々と声をあげる。海を求めて鳴いているのかもしれない。（『山廬集』）季語＝三伏（夏）

4日

夏空や砂漠の神に強き脚　中田美子

サハラ砂漠が広がるエジプトの、王朝時代の神々は、獣頭人身・鳥頭人身の姿が多い。主神にして太陽の神ホルスは隼の頭だし、裁判の女神はチーター、戦争の神は獅子、豊穣の女神はコブラの頭を持つ。そして神像に作られるときには、男神は膝から下を剝きだしにして、たくましい脚を見せている。今でも砂漠に立てば、灼熱の天空を駆け抜けてゆく神々の足音が聞こえてくるようだ。（『惑星』）季語＝夏空（夏）

5日

冷されて牛の貫禄しづかなり　秋元不死男

耕しに牛を使わなくなって久しい。農家で、人間並みに、あるいはそれ以上に頼りにされていた頃は、暑熱のなかでの労働をねぎらい、川や池に連れていって火照った体に水をかけ、丹念に洗ってやったという。心地好さそうに目を細め、どっしりと静かに、水に立つ牛。夕風が吹き過ぎ、濡れた巨軀が涼しげに光る。もはや喪われてしまった、人間と牛との心の交流の景。（『万座』）季語＝牛馬冷す（夏）

6日

広島や卵食ふ時口ひらく　西東三鬼

昭和二〇年八月六日午前八時一五分、広島に原子爆弾投下。三五万の市民のうちおよそ一四万が死亡した。三鬼は被爆後の広島を仕事で訪れ、「白熱一閃、街中の人間の皮膚がズルリとむけた街」（「続神戸」）で茹卵を剝く。「人間は人間を殺すために、あんなものを創り出した。そして私もその人間という名の動物なのだ。」（同）。雛の命が宿っていた卵を喰らわんと、人間の口がぽっかりと開く。（『西東三鬼全集』）無季

8月

7日

赤鱝は毛物のごとき眼もて見る

山口誓子

水族館で観察すると、サメやエイなどの軟骨魚類の眼には、他の魚の眼とはまったく違う印象がある。普通、魚の眸は真ん丸で無邪気な感じなのだが、サメやエイの漆黒の瞳孔は、光を逃がさない底知れない深さを持つ。サメだと隙あらば襲おうという精気を発し、こちらを窺っている。エイは洞穴に潜む老いた獣のような眼差しで、じっと見詰められると、心の中が見透かされるようだ。（『凍港』）季語＝鱝（夏）

8日

何をしていた蛇が卵を呑み込むとき

鈴木六林男

卵のなかには、これから生まれ出る命があった。蛇が卵を呑む場面には、例えば狼が鹿を襲って殺すのに比べて、未来そのもの、世界そのものが抹殺されてしまうかのような切迫感がある。この一句の、重大な岐路の際に、あなたは何をしていたのかという根源的な問いかけは、3・11を経験した私たちにとって、今までより一層、胸に突き刺さるものとなって聳え立つ。（『一九九九年九月』）季語＝蛇（夏）

9日

顔洗う手に目玉あり原爆忌　五島高資

霊長類の特長は、親指で物を摑むことのできる手だ。なかでも人類は、二足歩行の獲得によって自由になった手を、道具を作るまでに高度に発達させ、今日の文明を築いた。そして人類は、文明の一極致である核兵器の二度目の使用を、昭和二〇年八月九日に長崎で行う。爆弾投下の浦上地区には美しい天主堂があり、被爆して頭部のみ残ったマリア像は、空洞となった眼で空を見上げている。（『蓬萊紀行』）季語＝原爆忌（夏）

10日

汗の馬なほ汗をかくしづかなり　八田木枯

静かに立つ、漆黒の馬身が見えてくる。長い疾走の後、毛がしっとりと汗に濡れ、さらに輝きを増しつつある。前漢の武帝は、兵を派遣して脅してまで手に入れようとした汗血馬が、ようやくもたらされた歓びに、「天馬来たりぬ　西極より」と詠じた。汗血馬は、血の汗を流しながら一日千里を走るといわれたが、この厳かに輝いて立つ馬も、まぎれなく、その末裔。（『汗馬楽鈔』）季語＝汗（夏）

11日

戦死せり三十二枚の歯をそろへ　藤木清子

親知らずまで含めて、一本も欠けることがなく、見事に並んだ歯。「三十二枚」は、ホモ・サピエンスの種として成体になった証しでもある。真っ白な歯を持った、逞しい肉体の若者は、しかし、もう生きてはいない。歯がまだ無かった赤子の段階から始まって、成長の過程で一本ずつ増えてゆき、乳歯が生え変わり、奥歯が育ち、大人として完成した。そこで残酷に時が断たれ、歯が輝くのみ。（『旗艦』）無季

12日

こつあげやほとにほねなきすずしさよ　柿本多映

火葬の後、死者は骨のみになる。竹箸で拾い、壺に収める。しかし、此の世に子を産み落とした陰《ほと》そのものは、煙と化してしまった。乳をふくませて子を育てた乳房も、同じく残らない。母として大事なところは、みな消え失せ、見た目では性別の分かりようがない骨だけが、遺される。それが現し身のなまなましさを消滅させてくれるのかもしれない。魂となって、軽やかに涼やかに在る。（『粛祭』）季語＝涼し（夏）

13日

病人を鼠が覗く夜の秋　　廣瀬直人

私は東京の下町育ちだが、幼い頃は、夜の天井は鼠の王国だった。いつ頃からか、鼠の姿が見えなくなり、木目天井は合板に代わり、町の住人が子を産むのも亡くなるのも、病院になっていった。病人が寝ている部屋に、夜になって鼠が顔を覗かせるのは、昔ながらの生活が続いている証拠。家も懐かしいような佇まいなのだ。木の家の夏の夜の涼しさは、マンションとは比べ物にならない。（『朝の川』）季語＝夜の秋（夏）

14日

うみどりのみなましろなる帰省かな　　高柳克弘

若山牧水は「白鳥《しらとり》はかなしからずや」と詠いあげたが、真青な海原を眼下に、紺碧の大空に飛び交う鷗は、その白さ自体が青春の抒情といっても過言ではない。久しぶりに故郷に帰ってみれば、海原の陽光、鷗の眩い白さにまったく変わりはないが、青年は、もはや以前の自分ではない。都会に慣れた眸は、海鳥の一点の穢れもない翼の光に射られ、色も音もない世界に密閉される。（『未踏』）季語＝帰省（夏）

15日

八月十五日真《ま》幸《さき》く贅肉あり　池田澄子

贅肉の余裕を身体にもつ動物は、人間と、家畜・ペットだけだろう。例えば河馬は太ってはいても、生きていくうえで必要な脂肪なのだ。戦《いくさ》という生物上の目的を逸れた過剰な闘いも、また人間界だけの現象。戦争はどんな種類のものでも修羅道に他ならないが、太平洋戦争では、日本人は餓鬼道の苦しみも味わった。戦後何十年も経った今日、平和と経済的発展のうえに贅肉の幸が花開く。（『ゆく船』）季語＝終戦記念日（秋）

16日

裏富士は鷗を知らず魂まつり　三橋敏雄

釈迢空の歌集が『海やまのあひだ』と名付けられたように、私たちには海と山を一度に望める景色を尊いものとする心性がある。どちらも、神がそこから寄り来たり、御祖《みおや》の魂が還りつく所と感じられてきた。太平洋側から見れば、まさしく富士と海原の間に人が住み成して、魂が、海がよいか山がよいか選べるような心豊かさがある。それに比べると海が見えない裏富士は、ちょっと寂しい。（『巡禮』）季語＝盆（秋）

17日

一対の獣のごとし登山靴

藤田まさ子

向田邦子脚本のテレビドラマ「あ・うん」は、神社の狛犬のように息が合う男の友情を描いた。神社には、狛犬の他に狐・龍・猿・狼・猪など、様々な生き物が置かれるが、必ず「一対」だ。沖縄諸島の人家の屋根にはシーサーが鎮座しており、これも「一対」。明日の登山のために玄関に置かれた革靴は、ものすごく頼りになる相棒である。いつも一対で、山の色々な危険から守ってくれる。（『川向ふ』）季語＝登山（夏）

18日

八月の窓の辺にまた象が来る

宇多喜代子

私たち日本人にとって、八月は死者の月だ。もともと盂蘭盆の慣わしで、門火に死者を迎え、共に踊っていたのに加え、広島・長崎の原爆忌、十五日の終戦記念日がある。夢幻空間からやって来る聖なる象は、懐かしい魂が姿を変えたものなのだろう。八月だからこそ、現し世のすぐ傍の窓辺までは来てくれるが、硝子いちまいの結界に隔てられ、幽明の境を越えることは無い。切ない。（『象』）季語＝八月（秋）

19日

鵙叫ぶ沼の木死者の白き手よ

佐藤鬼房

秋ともなれば、縄張りを守るための鵙の戦《いくさ》が始まる。鋭い雄叫びを挙げ、よそ者を撃退する。緊迫した空間のなか、ぬらりと拡がる沼には死木が白々と立つ。もはや光も水も通うことのない枝は、ある時は死者の真っ白な手と化して、鵙の叫びに合わせて揺れる。死者の手もまた、生きとし生けるものを近寄らせまいとするのか。あるいは静寂を乱す鵙を、死の側に引き込もうとしているのか。（『夜の崖』）季語＝鵙（秋）

20日

白露に薔薇色の土龍《もぐら》の掌

川端茅舎

暁の地面に土龍が這い出てきた。いちめんに露のついた草を薙いで、すぐにまた潜ったことだろう。つかのま、横に張り出した大きな手のひらが見えた。日に曝されたことのない手は、赤子のように瑞々しい桃色をしている。草から落ちた露の玉のいくつかが、土龍の手を荘厳する。けっして美しいとはいえない土龍が、その時、聖光を帯びたように清らかな存在となる。（『川端茅舎句集』）季語＝露（秋）

21日

鶏《とり》たちにカンナは見えぬかもしれぬ

渡邊白泉

人間には色を見分ける細胞が三種類存在し、テレビなどが三原色だけであらゆる色を表現できるのは、このおかげだ。ところが、ほとんどの鳥類と蝶等の昆虫は四原色の視覚を持ち、紫外線が見えるという。私たちと鶏は、まったく違う色の世界を持っているのだ。私たちには、カンナは雄鶏のトサカとよく似て見える。だがきっと鶏の眼には、似ても似つかないものに映っているに違いない。（『渡邊白泉全句集』）季語＝カンナ（秋）

22日

音たてて疵なめし犬よ八月

吉田悦花

一五年も続いた戦争の敗戦の日が八月一五日なので、八月は、争いについて考えさせられる季節でもある。犬同士、喧嘩をしたのだろう。出来たばかりの生傷を舐める音がひびく。犬の争いは本能の統治下にあるが、ほとんどの本能を喪失してしまったヒトの闘争は、オリンピックを初めとするスポーツにおける闘いも、戦闘も、目的こそ正反対だが、文化の要請に基づく点では同じなのだ。（「炎環」）季語＝八月（秋）

23日

秋の馬水にかこまれゐて寧し　大木あまり

「天高く馬肥ゆ」の成句があるように、秋は馬にとって最適の季節らしい。確かに、澄みきった青空の下を疾走する馬身は絵になる。同じように、秋風の吹きわたる水辺に憩う馬も、「血」という水分が不可欠な私たちに深い安堵を与えてくれる。東山魁夷の白馬シリーズのなかでも、『緑ひびく』と題された、山の湖辺に佇んで水面に姿を映している馬の絵が一番の人気を誇るように。（『雲の塔』）季語＝秋（秋）

24日

蹼《みずかき》の生えてめざめし月夜かな　眞鍋呉夫

夢とも現ともつかぬ目覚めに、ふと手を見ると蹼があった。三億六千万年前の昔、私たちの御祖《みおや》が上陸を開始したとき、その手に蹼があったことは確かだ。そこから分かれて進化していった蛙たちは、今でも立派な蹼を持つ。太古の時空間が現代の寝室に出現した原因は、もちろん月の存在だろう。水のように月光が満ちた室内で、体内の遥かな記憶がまさしく「黄泉返り」を起したのだ。（『雪女』）季語＝月（秋）

25日

雄鹿の前吾もあらあらしき息す　橋本多佳子

日本の民話には、動物と人間の交情を描くものが少なくない。鶴や狐、蛇、さまざまな生き物が人と交わる。三輪山の神が蛇体であったり、赤城の神がムカデであったりと、神そのものが異類である場合も見受けられる。映画『もののけ姫』で私たちは、その伝統が今でも心の中に息づいていることを思い知らされた。荒々しい精気を放つ雄鹿からは、あのシシ神の姿が匂い立ってくる。（『紅絲』）季語＝鹿（秋）

26日

秋風の下にゐるのはほろほろ鳥　富澤赤黄男

ホロホロ鳥はフランス料理の高級食材だが、日本では今のところ、あまり賞味されない。明治時代に愛玩用として輸入され、昭和初期に大ヒットした映画『愛染かつら』の主題歌に登場して、一躍有名になったという。歌詞にも「鳴いてくれるな」とあるが、よく響く鳴声から和名が付けられた。秋の風音を打ち消さんばかりに鳴きたてる声が「ホロ、ホロ」というのは、哀れに可笑しい。（『天の狼』）季語＝秋風（秋）

27日

露人ワシコフ叫びて石榴打ち落す　西東三鬼

人間はまごうかたなく動物の一員だが、「獣性」という言葉を間違って使用している。通常、掲句の状態のように、理性の統御が及ばず激情に駆られての行動を指すのに用いるが、ヒト以外の動物にはちゃんと本能という指針がある。狂犬病にでもかからない限り、理解不能な行動に出てエネルギーを無駄に使うことなど無いのだから、ワシコフ氏の仕業は逆に「人間性」の証明なのだ。（『夜の桃』）季語＝石榴（秋）

28日

生き難く鶏見て居れば鶏も見る　鈴木六林男

人間は、色々な意味で生き難い。何も出来ない状態で生まれてくるので、養ってもらわねばならず、長じても社会を離れては生きられない仕組みなので、様々な軋轢がやってくる。例えば法の下に徴兵制があれば、いやでも闘い、人を殺さなければならない。溜息をついて鶏を見やる。でも鶏のほうだって、人間の都合で家禽とされ、卵も奪われて、何時殺されるか分かったものではないのだ。（『荒天』）無季

29日

いくたびも仔狐の来る星月夜　山田みづえ

山のなかの家に、星明りのなか仔狐が姿を現し、去ったかと思うと、またやって来る。新美南吉の童話『ごんぎつね』では、猟師への悪戯を後悔した仔狐が、お詫びのしるしに何度も木の実を運んできた。ごん狐は母親を亡くしていたが、この仔狐はどうなのだろう。やはり一人ぼっちになってしまって淋しくて、普段は用心していた人間たちの住処を訪れるのではないか。（『まるめろ』）季語＝星月夜（秋）

30日

嘶《いなな》きに秋の白波たゞ遥か　中岡毅雄

一幅の日本画のような景だ。奥行が活写されて、堂々たる秋気が感じられる。もはや残暑は姿を消して、まぎれもなき秋の涼やかさが行きわたる。冴えざえとした天空の下、一舟の影も見えない海原が輝き、低い波が白々と一列に連なる。まったき静けさのなかに、ふと、馬の声がした。りんりんと、何処までも響きわたり、大気がいっそう締まる。秋気の結晶であるかのような嘶き。（『一碧』）季語＝秋の海（秋）

8月

31日

月光の象番にならぬかといふ　飯島晴子

象は様々な場所で聖獣とされる。太古からの根源的な聖なる存在の一つと言っていい。象を司る番人も、もちろん同じ宇宙に属する。だからこそ、月光が呼びかけるのだ。畏怖すべき、しかし魅惑に満ちた誘いかけ。応じたなら、何処に行かねばならないのか。月光のなかに象だけが佇む世界とは、しかし死の世界ではないのか。象のからだも本当は月光から出来ているのかもしれない。（『春の蔵』）季語＝月（秋）

九月

1日

新涼やこちらむくとき鳰のとり　石橋秀野

「鳰」の字は国字で、「水によく入る鳥」を表すという。琵琶湖の古称のひとつが鳰の海であったことからも想像できるように、日本人は昔から、この鳥をとても慈しんだ。繁殖期には「二人」の枕詞になった雌雄並んで泳ぐ姿があり、子育ての際には雛を背に乗せたり、後に引き連れて泳いだりする愛らしい風景が見られたのが、今や一羽ずつの、秋らしい孤高の姿となって浮かんでいる。（『櫻濃く』）季語＝新涼（秋）

2日

霧を出て馬の容《かたち》にかへりけり　角谷昌子

馬も、聖獣として崇められることの多い動物だ。有名なのは天馬ペガサス。英雄ペルセウスが、見る者を石に変えるメドゥーサを退治した時に、怪物の首から滴り落ちた血から生まれたとされる。ギリシャ神話には神々が鳥や獣に姿を変えて人間の女を訪れる話が多いが、日本では逆に神馬が人の姿に変身することもありそうだ。掲句も、霧の中で馬の体に戻る前は、いかなる姿であったのだろうか。（『源流』）季語＝霧（秋）

3日

かりかりと蟷螂蜂の皃《かお》を食む

山口誓子

カマキリは、後脚ですっくと立ち上がり、鎌を掲げる姿といい、三角形の小頭に巨眼が並んでいるのといい、昆虫の中でも人間くさいものの筆頭ではないだろうか。とくに捕まえた虫を食べる時には、立ったまま二本の前脚で抱え込み、頭から貪り齧るので、一際、怪人めいて見える。「かりかり」という擬音が実際以上に空間に響き渡り、カマキリの大きさも人間大に感じられる。（『凍港』）季語＝蟷螂（秋）

4日

蟷螂は馬車に逃げられし馭者《ぎょしゃ》のさま

中村草田男

昨日に続いて、こちらのカマキリも人間の身丈。なにしろ馭者というのだから。それも、馬だけではなく馬車もろとも逃げられた馭者！　確かにカマキリの、あの中腰ともいえる姿勢は、そのようにも見える。いきなり馬車が消滅して、座る所もないままに茫然としている馭者というものが居るとすれば、だが。草田男は、人間共より虫けら達に、よほど親愛の情を感じていたに違いない。（『来し方行方』）季語＝蟷螂（秋）

5日

白馬を少女瀆れて下りにけむ　西東三鬼

馬が好きで、三泊四日の乗馬教室に行ったことがある。まったくの初心者でも、馬の躍動と乗っている自分のリズムが合ったときには、周りは全て消滅してしまって、言うにいわれぬ無我の境地に陥る。下りた後でも、しばらくボーッとなっていた。この世に自分と馬しか存在しないエクスタシーの世界を知ってしまった少女は、もはや以前には戻れない。神聖なる白馬が相手なら尚のこと。（『旗』）無季

6日

秋風やまた雲とゐる人と鳥　高屋窓秋

鳥たちはじかに雲と戯れて、悠々と飛び交うことが可能だ。人間は、せめて眼差しを高くあげ、雲を見詰めることしか出来ない。それでも、ちょっと嬉しい時や、さびしい時、考えあぐねた時など、いろいろな場合に、つい雲を見上げてしまう。風に秋を感じた時なんか、なおさらだ。期待に違わず、秋らしい鱗雲が浮かんでいて気持が弾む。こんなに雲と仲が良いのは、やっぱり鳥と人だけ。（『高屋窓秋全句集』）季語＝秋風（秋）

7日

かなしめば鵙金色の日を負ひ来

加藤楸邨

鵙が縄張りを守らんとして張り上げる声は、鋭さの裡に生きることの悲哀を感じさせる。同時にそれは、生けるものへのいとおしみの感情でもある。「自分の力ではとても及ばないと感じる切なさをいう」と辞書にある「かなし」は、悲哀にも愛憐にも通う、日本文化の根底を形作る言の葉の一つなのだ。鵙が負って飛ぶ夕日の後光は、「かなし」の言葉の具現化そのもののような気がする。（『寒雷』）季語＝鵙（秋）

8日

或る闇は蟲の形をして哭《な》けり

河原枇杷男

「鬼《き》哭《こく》啾《しゅう》啾《しゅう》」という漢語を俳句の文脈に直したら、このような詩句になるだろうか。「蟲の形」と置いた分だけ生々しく、膨れあがったり、凝縮したりする闇が迫って見えてくる。私には、恋を喪ったときの心の闇に思える。ある人は、二等兵として派遣され、幾多の戦友が斃れた満州の闇だと言った。人間の生の業は、誰にもこのような闇を経験させずにはおかないのかもしれない。（『密』）季語＝虫（秋）

9日

馬と神のみ白萩の原にあり　阿部みどり女

武士が勃興した時代、平家も源氏も八幡神を尊崇した。初めて平安朝に異を唱えた平将門は、八幡神の託宣によって自らを「新皇」と唱えたし、石清水八幡宮で元服した源義家は、八幡太郎と名乗った。天照大御神を中心とする朝廷・貴族社会の秩序とは異なる、新しい価値観の領野を象徴する存在が八幡神だったのだ。真っ白な萩が咲き乱れる野に、颯爽と馬から降り立つ若き武神。（『定本　阿部みどり女句集』）季語＝萩（秋）

10日

空谷や　詩いまだ成らず　虎とも化さず　折笠美秋

がらんとした谷。そこには虚無が詰まっている。どんな民族も、神話を、歌を、詩を、欲して止まぬのは、人間が言葉の空虚に耐え切れないからだ。言葉は根本的に物の不在から成り立っている。もう一度、言葉を物そのものに戻したい。心が焦げるほどの欲望があるのに、詩は出来ない。李徴は虎と化した我が身を嘆いたが、獣になってしまえば、人間のこの苦悩からは逃れられるのだ。（『虎嘯記』）無季

9月

11日

一生の手紙の嵩や秋つばめ　田中裕明

初めてもらった手紙は、小学一年生の正月に友達から来た年賀状だった。それ以来、どれだけの手紙をやりとりしてきただろうか。大事な手紙は、箱に入れて取ってある。秋になれば姿を消す燕は、否応もなく過ぎ去る時間の象徴に思える。死へ向かって無常に進む時に対して、手紙は私たちのかけがえのない生の証だ。だが近来、「嵩」のある手紙は、急速に稀な存在になりつつある。（『夜の客人』）季語＝燕帰る（秋）

12日

鶏鳴の露を呑みたる声ならむ　正木浩一

雄鶏が振り絞った声が、暁闇の天にひびきわたる。鶏鳴は「時を作る」と言われるように、せわしない朝の時間が始まる。「露」は、滅びへ向かう季節である秋の中でも、「もののあはれ」を代表する季語のひとつだ。明け方の畑や草原に、あんなにたくさん輝いていたのに、太陽が昇るに従って、あっという間に消えてゆく。しきりに鳴きたてる鶏の声にも、「会者《えしゃ》定離《じょうり》」の切なさが募ってくる。（『槇』）季語＝露（秋）

13日

遠方とは馬のすべてでありにけり

阿部完市

『鏡の国のアリス』の赤の女王は、「その場にとどまるためには全力で走り続けなければならない」と宣《のたま》う。生物学者はこれを汎用して、生き残るためには進化し続けなければならないという「赤の女王の仮説」を提唱した。馬の進化の歴史は、捕食者からいかに遠方へ逃げ去るかの連続だった。常に遠くを望み、現在に留まることを許されない存在。いまや、人間がそれを加速させている。（『純白諸事』）無季

14日

乳房わたすも命渡さず鵙高音

中嶋秀子

日本人の死亡原因の一位は、ガンが占める。その中でも乳ガンは、多くのガンの死亡率が最近減少しつつあるのに対して、死者が増えているガンのひとつだ。近年は腫瘍のみを取り出す乳房温存術も行なわれるようになったとはいえ、乳房を完全に取り去る施術が圧倒的に多い。女性にとって大事な乳房を、命と引き換えに切除する。鵙の猛り声が、作者の悲壮な決意を伝えて余りある。（『命かぎり』）季語＝鵙（秋）

15日

その後の鳥獣に鳥羽僧正忌

鈴木榮子

教科書にも必ずといっていいほど載っている国宝「鳥獣戯画」は、当時戯《ざ》れ絵の名手として知られた鳥羽僧正覚猷《かくゆう》が描いたと伝えられる。特に有名なのは、猿・兎・蛙などが擬人化されて遊んでいる第一巻で、軽妙な筆遣いに、こころ楽しく引き込まれる。動物との親しさを深めた点でも、現代にまで影響を及ぼしている「鳥獣戯画」の作者に、当事者の動物たちはどんな思いを持つのだろうか。(『鳥獣戯画』)　季語＝鳥羽僧正忌（秋）

16日

白猫《はくみょう》のみれども高き帰燕かな

飯田蛇笏

大空は鳥たちのものだ。動物は、わずかな例外を除いて飛ぶことができない。その中でいちばん距離を稼げるのは蝙蝠だが、鳥類の迫力ある飛翔には及びもつかない。猫は摩訶不思議な妖力をもつこともあると考えられてきたが、天翔《あまがけ》るのはさすがに不可能だ。羨ましげに見上げる猫の眼差しは、そのまま、われら人類のもの。飛行機を生み出す原動力となった、憧れの心情に他ならない。(『山響集』)　季語＝燕帰る（秋）

17日

老人はとしとりやすし小鳥来る　橋本榮治

「年を取る」の「取る」とはいったい何だろうか。「老齢になる」意味と「新年を迎える」意味とを併せ持つ背景には、年の初めにやって来る神が授けてくれる「年魂《としだま》」を、わがものとして身の内に取り込むという感じ方があるに違いない。「年を食う」が、やはり「老齢になる」意味なのも、同じことだと思われる。高齢になって翁に、神に近い存在になった老人に、小鳥が可憐な姿を見せる。（『逆旅』）季語＝小鳥（秋）

18日

蚊帳出づる地獄の顔に秋の風　加藤楸邨

子孫を残すための営みは、鳥獣にとって最も大事な行為といってよい。そこに罪悪感を抱くのは、万物の霊長とされるヒトだけ。いったい何時から生命体としての隘路に迷い込んでしまったのだろう。ヒトに一番近いチンパンジーに、その弊は微塵もない。波郷が「この句がピンと来ないやうでは共に俳句を談じるのは御免蒙りたい」と評したのも、掲句が人間の本質を鋭く衝いているから。（『颱風眼』）季語＝秋風（秋）

19日

こほろぎのこの一徹の貌を見よ　山口青邨

日本では子供でもファーブルの名と『昆虫記』を知っているが、本国のフランス初め欧米での知名度は、ひどく低いという。ラフカディオ・ハーンが虫の鳴声を賞する文化に驚嘆したように、私たちは、世界中でもっとも虫と仲が良い民族かもしれない。掲句のコオロギも、完全に私たちの同志だ。それも尊敬に値する、誠実な仲間。青邨の、コオロギに対する共感が、「見よ」の言辞で輝く。（『庭にて』）季語＝蟋蟀（秋）

20日

新宿ははるかなる墓碑鳥渡る　福永耕二

昭和五四年一月号の「俳句」に発表された句というが、素晴らしい作品は時空を超える。人類が何らかの自滅行為によって姿を消した後も、鳥たちは本能に従い、何万年も続いてきた営為を守って日本列島に渡ってくるだろう。現在の摩天楼のうち、どれだけが混凝土の墓石となって残っているだろうか。ヒロシマ・ナガサキもフクシマも経験した私たちにとって、その景は決して幻ではない。（『踏歌』）季語＝渡り鳥（秋）

21日

牛の眼が人を疑ふ露の中　福田甲子雄

能「羽衣」では、天衣を持ち帰ろうとした漁師に、天女が、返してもらえば舞を見せると約束する。衣を渡せば舞わずに帰ってしまうのではと疑う漁師への天女の答えが、「疑いは人間にあり。天に偽りなきものを」。露滂沱のなか、牛の眼が疑いに光る。毎朝、仔牛の姿もないのに乳を搾られるのは、どこか変だ。本来、疑いの無かった世界に疑惑を持ち込んだのは、勿論、牛を家畜化した人間。（『藁火』）季語＝露（秋）

22日

渡り鳥近所の鳩に気負なし　小川軽舟

燕の群は南方に帰るために、磧や葭原に集まる。一方、北から、鴨や雁などは水辺に、鶫や鶸たちは野や山に、続々やってくる。鳥類の渡りは、雛を育てるための良好な環境を求めてのことだが、莫大なエネルギーを必要とし、数多の危険を伴う。鳩の仲間は、雛をピジョンミルクという高栄養の分泌物で育てるように進化したので渡りの必要が無く、いつもと変わらず暢気に歩きまわっている。（『近所』）季語＝渡り鳥（秋）

23日

芋虫にして乳房めく足も見す　山西雅子

芋虫は、胸部にツメ型の三対の歩脚を持ち、腹部に五対の「疣足《いぼあし》」がある。疣足は吸盤のような形でちょっと膨れていて、確かに乳房めいて見える。「乳房」の語によって、芋虫の生々しさが増幅される。顔も四肢も無い、ソーセージのような身体に、乳房だけが何対も備わっている存在。『老子』に述べられている、尽きることなく万物を産み出し不死であるという「玄牝《げんぴん》」を思わせる。（『夏越』）季語＝芋虫（秋）

24日

小鳥来る音うれしさよ板庇　蕪村

明るい喜びが、率直に伝わってくる。板で葺いた庇に焦点を絞ったことで、秋になってやって来たジョウビタキやヒワやアトリ等の軽やかな動きとともに、庇を跳んだり歩いたりしている時の弾んだ音が聞こえて、読み手のこころも楽しく躍動する。このような単純明快な記述によってもたらされる感慨は、現代俳句が取り落としてしまったものなのではないだろうか。

（『蕪村句集』）季語＝小鳥（秋）

25日

雁渡し砂丘は生きて砂奔《はし》る　　豊長みのる

雁渡しが吹き始めると、その名にふさわしく雁の訪れを歓待するかのように、天空も海原も青々と澄む。風に誘われて砂がさらさらと音を立て、砂丘がうごき出す。自らの意志を持ったかのように活き活きと形を変えてゆく。タルコフスキーの映画『惑星ソラリス』では、知性を持つ有機体である「海」が様々な不可解な現象を起こしたが、この砂丘はどのような世界を形成するのだろうか。（『風濤抄』）季語＝雁渡し（秋）

26日

鷹の座は断崖にあり天の川　　伊藤通明

大鷹は、遅くとも八月には雛も巣立ち、孤高の単独生活に戻る。生存には数百から千ヘクタールもの行動圏が必要といわれ、昼は猛禽の名にふさわしく、素早い飛翔と鋭い爪で獲物を捕らえるが、夜は大木のねぐらでの静謐の時間。断崖の大枝に鎮座する威厳に満ちた姿は、太古の武神のようだ。天空に煌々と懸かる天の川は、この神聖な存在の背景に、まことにふさわしい。（『荒神』）季語＝天の川（秋）

27日

木曾川の今こそ光れ渡り鳥　高浜虚子

日本列島には、春から初夏にもツバメを初めとしてオオルリやホトトギス等の鳥が渡ってくるが、秋にやってくる種類は、アトリやマヒワなど壮大な群れを成すものが多いので、印象深い。木曾川・長良川・揖斐川の木曾三川は、全国第五位の流域面積を誇り、濃尾平野を広々と潤す。黄金色の稲穂が揺れ、川がきらきらと輝く上空を過ぎってゆく大群は、秋の豊かさの象徴とも思える。（『五百句』）**季語＝渡り鳥（秋）**

28日

眠る子の息嗅ぐ月の兎かな　仙田洋子

「月の兎」は、月面がくまなく撮影され、人間が降り立った現代でも、私たちの心の中に活きている。月を仰げば、やはり兎の影を目にしてしまうのだ。中国では、太陽に棲む金烏に対して月には玉兎が居て、決して枯れない桂の樹の下で不老不死の薬を杵で打っているとされるが、地上に来て子の息を嗅ぐ兎は、何とも剣呑だ。子を攫い、かぐや姫のように月に連れていこうというのか。（『仙田洋子集』）**季語＝月の兎（秋）**

29日

雁の数渡りて空に水尾もなし　森　澄雄

例えば藤原定家の「見わたせば花も紅葉もなかりけり浦の苫屋の秋の夕暮れ」では、花と紅葉の存在は、意味の上では否定されながら、象形文字の字面としては確かに見えている。掲句の世界も、このような文芸上の「見せ消ち」のひとつとして存在していると言える。「水尾もなし」と断定されたことによって、雁が渡っていく後に、一羽ずつの曳く水尾が、ありありと煌いて消え失せる。（『浮鷗』）季語＝雁（秋）

30日

猫の背にほこと骨ある良夜かな　齋藤朝比古

およそ四億六千万年前、顎や鰭の無い原始的な魚だった私たちの祖先は、背骨を持った。それ以来の進化の歴史を、常に背骨と共に歩んできた。途中で分かれていった食肉目ネコ科の一員であるイエネコにも、もちろん背骨はある。ネコ科の獣は、しなやかな筋肉による瞬発力を活かした狩を行なうので、背骨も、特に跳躍の際には曲線を描いて撓う。月光に、背にほっそりとある骨が際立つ。（「俳句研究」）季語＝良夜（秋）

十月

1日

鳥わたるこきこきこきと罐切れば　秋元不死男

季節がめぐってくるたびに移動を繰り返す渡り鳥は、流れ去ってやまない「時」そのものでもある。ましてや秋は、真夏には居座るかのように動きが緩慢だった時の流れが、ぐんぐん加速する季節。一方、缶詰のなかに密閉され、しばらくの間静止を余儀なくされていた「時」も、蓋が開かれるとともに動き出す。「こきこきこき」の擬音が、動きを再開した時計が刻を刻む音に感じられてくる。（『瘤』）季語＝渡り鳥（秋）

2日

穴惑顧みすれば居ずなんぬ　阿波野青畝

蛇が、冬のあいだ籠もる穴を探している。気温がだいぶ下がってきたので、這うのもゆっくりになっている。一瞥をくれて歩き出し、しばらく行って、ひょっと振り返ってみると、もう見えない。入ったような穴もないのに、しかもあんなに遅い動きだったのに、何処かに消え失せてしまった。古来、不可思議な力をもつとされている蛇のことだから、一瞬のうちに天へ昇ったのかもしれない。（『万両』）季語＝穴惑（秋）

3日

うしほ舐めつつ海渡る鷹といふ　　山田弘子

鷹のうち、最も大群で渡りを行なうのはサシバだ。日本中から、上昇気流が起こりやすい場所に集まってくる。芭蕉の句で有名な伊良湖崎が、第一の集合地。四国をかすめて佐多岬に集結し、海を経て徳之島、宮古群島と次々に渡り、台湾、フィリピン、インドネシアまで到達する。朝の六時頃から夕方まで、休み無しに飛び続けるという。真水を求める暇《いとま》もないほどの過酷な旅なのだろう。（『草蟬』）季語＝鷹渡る（秋）

4日

吹きおこる秋風鶴をあゆましむ　　石田波郷

波郷のエッセイに、日本俳句作家協会での虚子の挨拶の中の一言が記されている。「俳句は万斛《ばんこく》の思をただ一息のためいきに洩らすやうなものだ」。掲句もまた、古から「秋風」に寄せられた思いを一句に込めたような作品である。私たち日本人が、もっとも心の寂しさを感じてきた「秋の風」だからこそ、静謐の極みに佇つ鶴をうごかすことができる。鶴のかそけき歩みは、秋そのものの歩みだ。（『鶴の眼』）季語＝秋風（秋）

5日

穴惑刃の如く若かりき　飯島晴子

秋の蛇には凋落の侘びしさがつきまとう。瑞々しい緑のなかを、閃きとなって突き進んでいた夏の蛇身の精気が脳裡を去らないので、周囲の樹や草に猛々しさが失せてゆくに連れ、蛇の鱗にも衰えが兆すように感じられるのだ。それは同時に、穴惑を見詰めている、老いた作者自身の感慨でもある。取り返しのつかない過去を表す「き」という助動詞に、尽きせぬ嘆きが籠もる。（『儚々』）季語＝穴惑（秋）

6日

百舌に顔切られて今日が始まるか　西東三鬼

朝早くに家を出たとたん、百舌の高音が耳を打った。一身を賭して縄張りを守ろうとする鳴き声には、鬼気迫るものを感じることがある。作者は心に何か屈託をかかえていたのだろう。百舌の猛り声に、一挙に存在を切り捨てられるような思いがしたに違いない。カラッポになってしまった自分を引きずって、それでも今日一日、生きていかなければならない。朝はまだ始まったばかりだ。（『夜の桃』）季語＝鵙（秋）

7日

尾のあれば秋草に振りあゆみたし

森賀まり

私たちを含む胎盤を持つ哺乳類の、全ての先祖とみなされる化石は、中国でみつかった。一億二千五百年前の地層から発掘され「エオマイア＝黎明期の母」と名付けられた化石には、約二〇センチの体長の半分以上を占める、長い尾がある。霊長類となる道のどこかで、私たちは尾を喪失した。だが、尾と共に生きた長い間の記憶が、郷愁となって甦る。細やかな草の花の時季はことさらに。（『ねむる手』）季語＝秋草（秋）

8日

渡り鳥みるみるわれの小さくなり

上田五千石

大空を次々に飛び過ぎてゆく渡り鳥を目で追っていると、次第に鳥と自分との区別がなくなり、心が身体を離れて、はるか天上に飛び去ってゆく。あっという間に、ものすごく遠くまで来てしまった。下のほうに、ちっぽけな自分の抜け殻が見える。風を切って飛翔するのは、とても爽快だ。あの肉体に戻らなくてはいけないのだろうか。そもそも戻ることができるのだろうか。（『田園』）季語＝渡り鳥（秋）

9日

びいと啼く尻声悲し夜の鹿　芭蕉

日本列島に棲息する殆んどの獣は狩猟の対象なので、冬の季語に属する。鹿は数少ない例外で、縄文時代から狩られてはきたのだが、秋の交尾期に牝鹿を呼ぶ声が哀愁を帯びているというので、『万葉集』以来、秋の季語になっている。掲句は「悲し」の語は和歌の伝統を継いでいるが、「びい」の擬音語、「尻声」の俗語がよく効いて、むしろ生き物としての健やかなありようを感じさせる。(『杉風宛書簡』) 季語＝鹿（秋）

10日

猿を聞く人捨子に秋の風いかに　芭蕉

芭蕉は富士川のほとりで、「哀れげに泣く」三歳くらいの捨子を見た。人間社会が形成されてから今に至るまで、世界中で捨子が絶えたことはなかったろう。日本猿は、初産の際に育児放棄をすることはあるが、育てている子を捨てることはないという。チンパンジーを初め類人猿は特に母子関係が親密で、親離れが必要な時期まで、しっかり育てあげる。霊長類で子捨てをするのは人間だけのようだ。(『野ざらし紀行』) 季語＝秋風（秋）

11日

残る虫暗闇を食ひちぎりゐる

佐藤鬼房

中国では古来、コオロギを闘わせるが、虫の鳴声を愛でる文化は日本だけのものではないか。虫たちは、雌を呼ぶために、あるいは縄張りを守るために、身をふるわせて鳴き続け、役割を果たすと死んでゆく。「残る虫」とは、周りの草々がすがれ始める頃になっても、未だ思いを遂げていない雄たち。闇に喰らいつきながら鳴き続ける必死の形相は、昆虫というより野獣めいて感じられる。（『瀬頭』）季語＝残る虫（秋）

12日

雁やのこるものみな美しき

石田波郷

昭和十八年、召集令状を受取った際の句。「留別」の前書がある。国家の為にとは思えなかった波郷は、幼いわが子の為に肥料になってやるとの思いで幾らかの安心を得た、と後のエッセイに記す。しきりに鳴き交わしている雁は、春になれば故郷へ帰ってゆくが、出征する身は、妻子・親・友、さらには「まほろば」の祖国との再会も覚束ない。防人以来繰り返されてきた、悲痛な心の叫び。（『病鴈』）季語＝雁（秋）

13日

両翼は孤を愛しつつ鷹渡る

大高　翔

伊良湖岬に集まった鷹は、四国・九州を経てフィリピン・インドネシアまで、文字通り万里の波濤を越えてゆく。群れは作るが、雁などのように編隊を組むわけではなく、一羽ずつの単独飛行が結果的に集まっているかたちだ。厳しい気候の日もあるだろう。半日もの間、休息なしで飛び続けるという渡りは、極限まで翼を張詰め、上空の風のみを友とする、孤高の飛翔に他ならない。（『俳句αあるふぁ』）季語＝鷹渡る（秋）

14日

貌が棲む芒の中の捨て鏡

中村苑子

もともと鏡は、魂を籠めることのできる、神秘の物体だった。「顔」の字であったとしても、鏡を使っていた女のかんばせが残っているという、ちょっと妖《あや》しい世界だが、「貌」が招来されると、遥かになまぐさくも、おどろおどろしい様相を呈する。もはや人間世界のものではなく、妖かしの存在。山姥か、はた蛇や白狐のような霊力を持った獣の貌か、あるいは鬼と化した女の般若の相か。（『水妖詞館』）季語＝芒（秋）

15日

はらわたの熱きを恃み鳥渡る　宮坂静生

中国大陸で数多の羽毛恐竜が発掘され、鳥類は恐竜の由緒正しい子孫であることが分かった。鳥類だけが持つ、吸気と呼気が混ざらない呼吸能力の高さも、恐竜から受け継いだらしい。鳥と同じ気嚢システムの痕跡が恐竜からみつかったのだ。長距離の渡りを可能にしているのは、この能力。従って鳥の体温は哺乳類よりずっと高い。先祖からの贈り物をフル回転させて、今日も鳥が渡る。（『山の牧』）季語＝鳥渡る（秋）

16日

秋風や石積んだ馬の動かざる　阿部みどり女

今では競馬場か乗馬クラブ、観光馬車でしか目にすることのない馬だが、以前は農耕・荷役に必須の存在だった。『笹鳴』は昭和二二年上梓なので、掲句は戦前の景かもしれない。荷車に石を積みすぎてしまったのだろうか、馬は頑として動かない。年老いてみすぼらしい姿が浮かんでくる。だが生活《たつき》の一端を担って働く馬は、人間の都合で戦場に送られた軍馬よりは幸せだったにちがいない。（『笹鳴』）季語＝秋風（秋）

17日

御空より発止と鵙や菊日和

川端茅舎

畑には黄菊や白菊が燦々と咲き盛り、空には一片の雲もない。好日の表現がぴったりの、無風のおだやかな晴天。「すべて世は事もなし」の、このうえなく平和な世界に、鵙が、まっしぐらに切り込んで来る。餌となるものを見つけたのだろう。突き刺さる矢のごとき勢いは、鳥獣が互いに喰らい合う定めの此の世では、平穏は所詮長続きしないことを、まざまざと伝える。まさに頂門の一針。（『川端茅舎句集』）季語＝菊日和（秋）

18日

古九谷の深むらさきも雁のころ

細見綾子

わずか五〇年余りで消え去ってしまった古九谷は、現在では窯跡の発掘調査や出土品の化学分析から、実は佐賀県の有田焼の初期色絵磁器であるとの説が広く認められるようになった。何処が産地であろうと、そのダイナミックで斬新な図柄と雄々しい筆使い、深みを湛えた濃彩は、見る者を魅了してやまない。特に青手や五彩手に見られる濃紫は、雁が音の打ち響く秋の盛りにふさわしい。（『曼荼羅』）季語＝雁（秋）

19日

はるかな嘶《いなな》き一本の櫟を抱き　三橋鷹女

無季の作品だが、遠くからひびいてくる馬の鳴声によって秋の季感が顕つ。森の澄明な大気を、これも高く澄みわたった嘶きが、硬質の塔《あららぎ》のように貫く。女身の掻き抱く櫟の樹は、嘶きに呼応して、葉を降らし始める。冬へと向かう滅びを食い止めんと、女はますます幹を抱く手に力を込めるが、刻を止められるはずもない。また馬が鳴き、ひとしきり木の葉が散る。（『櫟』）無季

20日

空はみささぎ花鶏《あとり》など居させむ　飯島晴子

「空はみささぎ」の措辞で、広々とした天空は、そのまま聖なる奥つ城《き》となる。死後の魂は、時を経ることによって、なべて清浄な存在となっているにちがいない。だからそこに葬られているのは、俗世での高貴な者だけではなく、太古からのあらゆる死者たち。夥しい魂の群が、秋風に静かにそよぐ。橙・黒・白の明るい色彩をちりばめた花鶏の大群が、侍女として、よく似合っている。（『春の蔵』）季語＝花鶏（秋）

21日

みな大き袋を負へり雁渡る

西東三鬼

戦後すぐの作品なので、「大き袋」は、売るための着物などを詰めているのか、村で調達できた食料が入っているのか、あるいは身ひとつで帰還した兵の合切袋《がっさいぶくろ》か、いずれにしても戦《いくさ》の傷痕のただなかでの生活感あふれる描写に違いない。しかし実景は、一行の詩のなかで普遍的な抽象に転化する。翼も持たず、地上に社会に、縛りつけられて生きざるをえない人間という生き物の業の重荷。（『夜の桃』）季語＝雁（秋）

22日

大空に又わき出でし小鳥かな

高浜虚子

『古事記』冒頭の言辞は「天地《あめつち》初めて発《ひら》けし時」、そして原初の神々は自ずから「成れる」存在だ。私たちの根底の感覚は、全能の神が主体性を以って創造する世界とは逆の、天と地ですら自然に成り立ってゆき、さらに、天空や海や山から様々なものたちがひとりでに生まれ出てくる宇宙。掲句でも、大空から、あたかも泉が湧き出るように、小鳥たちがこの世にあふれ出てくる。（『虚子全集』）季語＝小鳥（秋）

23日

昨日獲て秋日に干せり熊の皮　相馬遷子

猟の伝統を受け継ぐマタギの人々の、最高の獲物は熊であった。倒した後には神事を行い、成仏させるために「コレヨリノチノヨニウマレテ ヨイオトキケ」と唱えたという。月の輪の無いミナグロは山神の使いで、万が一、殺した場合は、マタギを辞めなければいけなかった。熊は狩の対象であると共に、尊敬すべき存在でもあったのだ。そんな思いで手にした熊皮が、今燦々と日に輝く。（『山国』）季語＝秋日（秋）

24日

たばしるや鵙叫喚す胸形変《きょうぎょう》　石田波郷

波郷は出征中に結核を発病した。戦後、悪化し、肋骨を六本切取る成形手術が、唯一の希望となった。掲句は、基礎麻酔のみで意識がある苦痛のさなか、肋骨が取られた瞬間の「電流的な衝撃」を「声調を主として現はさうとした」と後に記している。ただならぬ緊張を呼びおこす調べと、鵙の切り裂くような鳴声が、読み手の胸にも突き刺さり、一瞬、呼吸が止まるかのような臨場感がある。（『惜命』）季語＝鵙（秋）

25日

桐の実の鳴れり覆面の競走馬

横山白虹

熟して裂けた桐の実は、寂びた色合の硬質の殻だけが残り、そのまま枯れていく。風にカラカラと鳴る音は侘びしい。掲句の馬が居る場所も、見物のあまり入っていないような、地方競馬場が想像される。だが、覆面をされて前方しか見えない馬は、遮二無二走る。それは、受験戦争、販売競争などに駆り立てられ、周りを見ないで走らなければ脱落してしまう私たちの姿でもある。(『空港』) 季語=桐の実(秋)

26日

亡き兵の妻の名負ふも雁の頃

馬場移公子

「雁の便り」という言い方があるように、昔から私たちは秋が深まるとやって来るこの鳥を、慕わしいものと感じていた。今年もまた、時節を違えず、懐かしい鳴声が聞こえてきた。その時、遥か彼方の戦地で倒れた夫、終に家へ還ってこられなかった夫が、しみじみ偲ばれる。たった四年間の結婚生活の後、生家に帰って一生を送った作者は、「亡き兵の妻の名」を死ぬまで負っていった。(『峡の音』) 季語=雁(秋)

27日

秋冷の黒牛に幹直立す　飯田龍太

秋冷そのものが、凝《こご》って黒牛と化したかのように、静かな裡にも辺りを払うほどの威厳を感じさせる。漆黒の毛並みは冷たく輝き、まっすぐに伸びた大樹が、かたわらに侍る。宇和島市や徳之島など日本各地で行なわれている闘牛は、スペインとは違って牛同士を闘わせるが、すべて去勢されていない黒牛を使う。この牛にも、牧場の牛とは異なる、静謐なる精気がみなぎっていそうだ。(『童眸』) 季語＝冷やか (秋)

28日

鳥《とり》食《ばみ》に似てひとりなる夜食かな　能村登四郎

夜更けて仕事が一段落した後、夕飯の残りものを、一人わびしく食べているのだろう。鳥が啄ばむように、ほんの少量ずつ口に運ぶ。家族みんなが寝静まったなか、夜食をとっている部屋だけが灯されている。喉仏がうごき、咀嚼する音だけが狭い空間にひびく。周りの闇が一層濃さを増してゆくうち、男の影は次第に鳥めいて見えてくる。真夜の変身が、密やかに進みつつある。(『長嘯』) 季語＝夜食 (秋)

29日

緋連雀一斉に立つてもれもなし　阿波野青畝

連雀の名は、群で行動することから付けられたという。深秋から冬にかけて、シベリアや中国東北部から日本に渡ってくる。作者のすぐ近くに数十羽の群が居た。食性は果実なので、八手の枝にでも群がっていたのかもしれない。実際は体のごく一部に赤色の羽があるだけだが、一羽も洩らさず、という意味と、緋・連の象形文字によって、濃密な緋色の帳《とばり》の残像が、ありありと見えてくる。（『万両』）季語＝緋連雀（秋）

30日

色鳥来爺さん婆さんぱりつとす　武田伸一

楽しい。秋に渡ってくる小鳥は、色彩のきれいなものが多いので「色鳥」の季語が作られたわけだが、「色」の字が微妙に効いて、年をとってもお洒落ごころを失わない老人たちが目に浮かぶ。実際、秋たけなわの頃は暑くも寒くもない爽やかな気候で、身支度を整えるのに、ファッション第一に考えられる。外出しても汗の心配もないので、シャツなんかも夕方までパリッとしている。（『出羽諸人』）季語＝色鳥（秋）

31日

雁啼くやひとつ机に兄いもと　　安住　敦

今ではほとんど喪われてしまった懐かしい景。林檎や蜜柑用の木箱に布や紙を貼って、勉強机にしている家も多かった。食事は、もちろん卓袱台。食後も、その日の宿題をその上で片付ける。子供が何人いても机は一つ。掲句は、兄・妹という異性同士の組合せによって、景に華やかさが出た。さらに、古から妻や恋人の意味にも使われた「妹」と、床しい「雁が音」の登場で、可憐さも加わる。（『古暦』）季語＝雁（秋）

十一月

1日

石の上に　秋の鬼ゐて火を焚けり　　富澤赤黄男

秋は、物思う季節だ。人間という生き物だけがもつ物思いは、思いすぎれば物狂いともなる。恋、仕事、あるいは病気の悩み、死者への嘆き、人はその思いによって、自らを、他者を、殺めさえする。この鬼は底知れない思いに捕らわれている自画像であろう。燃え盛る思いを物体にしたような炎と、「石の上に」の後の一字の空白が、この世を逸脱しかかっている状態を暗示して胸が詰まる。（『定本・富澤赤黄男句集』）季語＝秋（秋）

2日

暫く聴けり猫が転ばす胡桃の音　　石田波郷

本でも読んでいたか、あるいは原稿を書いていたのだろうか。静かな夕暮に思える。不意にカラカラと小さな音が耳に入ってきた。首を回してみると、猫が前足で胡桃をもてあそんでいる。少しのあいだ、その、かそけき音に耳を傾ける。秋の夕べの透徹とした静謐のなかに、胡桃を転ばす音のみがひびき、一刻一刻深まってゆく秋自体の発する音であるかのように聞こえてくる。（『春嵐』）季語＝胡桃（秋）

3日

鶫《つぐみ》死して翅拡ぐるに任せたり　山口誓子

秋に日本に渡ってくる鶫は、昔から霞網で大量に捕獲され、食料として身近な存在だったが、昭和二二年に保護鳥となり、網猟も禁止された。掲句は昭和二〇年に詠まれているので、食料難のさなか、盛んに取られていたことだろう。死んだ鶫の翅を摑んだら、だらりと拡がってゆく。あんなに軽快に大空を飛び交っていた翼。まさに玉の緒が抜け、鳥は一物体となってしまったのだ。(『晩刻』) 季語＝鶫(秋)

4日

冬来るぞ冬来るぞとて甲斐の鳶　廣瀬直人

甲斐は山国なので、冬の訪れが早い。山間部を除けば雪はあまり降らないが、盆地の凧は乾いて冷たく、凍てが非常に厳しい。海際に棲む鳶は、海面が凍ることはないので冬でも食料事情はさほど変わらないが、甲斐の盆地の鳶は、蛙や蜥蜴は冬眠してしまい、魚を採っていた川も氷が張ってしまう場合が多い。冬に向けての準備ができないだけに、鳶にとっての冬は、人間以上に辛い。(『矢竹』) 季語＝冬隣(秋)

5日

鶲飛ぶ色となりたる如くかな　星野立子

ヒタキというと普通、尉鶲《じょうびたき》を指す。カッカッと鳴く声が、火打石を叩く音に似ているので、火焚の名になったという。チベットや中国東北部から晩秋、日本へやって来る。郊外の林や公園にも姿を見せるので、親しみ深い小鳥だ。尉の名の通り雄の頭部は白銀で、翼は黒いのだが、ころっとした胴体と尾は明るい橙色なので、翼を拡げて飛んだとたん、朱の手毬が跳んだかのように見える。（『立子句集』）季語＝鶲（秋）

6日

この樹登らば鬼女となるべし夕紅葉　三橋鷹女

勇将・平維茂《これもち》が、戸隠の山奥で紅葉見物の宴を催している美女に誘惑される謡曲「紅葉狩」は、歌舞伎化もされた。舞台の見所は、美女が一転して鬼と化す劇的な展開と、盛りを極める紅葉にある。紅葉の激烈な彩りによって、女が鬼の化身だったことを、しみじみと納得してしまうのだ。掲句の紅葉も、夕暮の薄明かりの中、いかばかりか破滅的な紅《くれない》の輝きを放っていたことだろう。（『魚の鰭』）季語＝紅葉（秋）

7日

啄木鳥や落葉をいそぐ牧の木々　水原秋櫻子

日本に棲息する啄木鳥は、最大のクマゲラから最小のコゲラまで九種を数える。みな留鳥なのだが、木の中の昆虫を探す際に、幹を廻りながら素早く叩くドラミングの音が、秋の澄んだ大気によく響くので、季語となったという。確かに、山の森のなかで不意に聞こえ出すドラミングは、始まりかけた落葉を急がせ、大気をさらに硬くして、秋を冬へと押しやる天鼓《てんく》の響きとも聞こえる。（『葛飾』）季語＝啄木鳥（秋）

8日

此の秋は何で年よる雲に鳥　芭蕉

元禄七年、芭蕉は、十月一二日に五一歳で歿する。掲句は、九月二六日の作。いつもの秋と異なり、今年は何故、年の衰えをこんなにも感じてしまうのかとの訴えによって、誰もがいつかは迎えなければならない死の近さが、心に沁み入るように迫ってくる。死後の魂の行方を垣間見るような「雲に鳥」の措辞は、死後に白鳥となって天翔《あまが》けた倭建尊《やまとたけるのみこと》以来の、私たち民族の永遠の夢だ。（『笈日記』）季語＝秋（秋）

9日

秋の暮まだ眼が見えて鴉飛ぶ

山口誓子

夜行性の鳥と違って、昼間活動する鴉は、夕暮、塒《ねぐら》に帰ってゆく。秋の日は釣瓶落としで、あっという間に暗い。とっぷりと暮れて、もはや人間には、灯りなしでは見えないのに、空には鴉が羽ばたいている。ああ、あいつらは、未だ眼が見えるのか。鴉を近しい存在、自分と同等の存在とみなす作者の思いが伝わってくる。夕べの暗闇を必死に飛ぶ鴉の姿を見て、身につまされているのだ。（『和服』）季語＝秋の暮（秋）

10日

猪食うてこの世の窓を開けに行く

清水径子

猪は、縄文時代から主要な狩猟対象動物だった。幼獣の骨化石が大量出土し、本来の棲息地ではない島や北海道からも化石が見つかることから、飼育もして食用にしていたと考えられている。土器の表面の模様にも、土偶としても、たくさん登場する猪。猪突猛進といわれるようなエネルギーが尊敬されたのかもしれない。今、その精気を身の裡に宿して窓を開く。きっと太古の風が吹き込む。（『清水径子句集』）季語＝猪（秋）

11日

昭和衰へ馬の音する夕かな　三橋敏雄

敏雄は亡くなるまで、作品上で反戦の思いを貫いた。新興俳句弾圧の京大俳句事件に遭遇して、戦争が終わるまで作品発表の場を喪った敏雄にとって、反戦の思いは、背骨のごとく身を支えるものであったろう。掲句は、日本が高度成長を遂げ、学生運動は終焉を迎えて、国を挙げて保守化していった時代に詠まれた。物欲が最大の指針と成り果てた国土に、軍馬・軍靴の響きが聞こえてくる。（『眞神』）無季

12日

天空は生者に深し青鷹《もろがえり》　宇多喜代子

青鷹は、生後三年を経た、未だ若いオオタカ。この頃から、幼鳥の時と異なり羽の斑が細かくなって、鷹狩に使うことが可能になるという。天空の王者として成長した若鷹が、悠然と舞っている。地上の生きものである人間は、羨望の眼差で見上げるのみ。生きている限りは飛翔はかなわぬ夢だが、死後の魂は「千の風になって」大空を吹きわたることができると、私たち日本人は感じてきた。（『象』）季語＝鷹（冬）

13日

太陽を濡らして来《きた》る鯨かな

渡辺誠一郎

クジラ類は、地球が始まって以来、最大の動物である。最近の化石発掘の成果から、先祖は陸棲の、カバと近縁の偶蹄類と考えられている。クジラたちは、海面から跳ね上がる、ブリーチングという大きなジャンプを行なう。高上がる盛大な水飛沫は、まさに太陽を濡らさんばかり。その雄姿には、古来、一頭を獲《え》れば一湾の村すべてが潤ったという「寄り来る神」としての俤《おもかげ》が立つ。（『数えてむらさきに』）季語＝鯨（冬）

14日

ふくろふのこゑわだなかをゆくごとし

桑原まさ子

深夜に聞こえてくる梟の鳴声は、現《うつ》つを超越している。闇のなかに真空を現出するような声なので、山中、独りで耳にするときなどは、何処か異世界にいざなわれてゆく感じがする。声の導く先は、山幸彦が、失くしてしまった兄の釣針を求めて、目の堅く詰んだ小舟に乗って訪れた海中、青木繁が明治日本の若々しい感性で描きあげた、あの「わだつみのいろこの宮」なのかもしれない。（「紺」）季語＝梟（冬）

15日

木枯や脂ののつた赤ん坊

櫂 未知子

人間の赤子は、ほぼ無毛状態で産まれてくる。成長しても、頭髪などを除いて体毛は伸びない。霊長類はすべて移動の際に、乳児が母親のお腹の毛にしがみつき、親のほうは四肢を自由に動かせる。体の毛を喪失したことで、人間は手で赤子を抱かざるを得なくなり、寒さにも弱くなった。凩が吹きすさぶ中、つやつやとむき出しになった赤子の顔には、人類の苦難の進化史が秘められている。（「銀化」）季語＝凩（冬）

16日

始祖鳥のこゑを思へばしぐれけり

加藤静夫

始祖鳥の化石は、一八六〇年にドイツで見つかった。鳥が羽毛恐竜の子孫であることが明らかになった現在まで、中生代の発見化石は莫大な量に上るが、未だに鳥類の最古の化石の座を譲っていない。映画『ジュラシック・パーク』では様々な恐竜が鳴声をあげたが、始祖鳥の内耳は恐竜よりも現生鳥類に似ているというから、雄が雌に呼びかける囀もありえたかもしれない。（『中肉中背』）季語＝時雨（冬）

17日

国捨てし少年冬の河馬の前

山下知津子

NGO「北朝鮮難民救援基金」の活動に関わる中で生まれた句という。誰もが、生まれてくる時代や国を選べない。苛酷な状況に育って、祖国を捨てなければ生きていけなかった少年。「冬」のないアフリカ大陸南方に棲む河馬もまた、人間の都合で捕らえられ、動物園に連れてこられた。根を下ろしていた地から引き剝がされた点では、両者は等しい。そして今や、私たちのフクシマでも。（『髪膚』）季語＝冬（冬）

18日

むらさきに近きくれなゐ鶴の疵

八田木枯

鶴の脚の疵だろう。日本へ長い距離を渡ってくる間についたのか、紫紅色が生々しくも艶めかしい。与ひょうの女房となったつうは、自らの羽を抜いては布に織り込み、痩せ衰えながら「鶴の千羽織」を仕上げる。夫の懇願によって、終いには命の危険も顧みず織り上げた。約束を破った夫を置いて、泣く泣く村を飛び去っていったつうの心にも、紫紅色の疵が残っていたに違いない。（『夜さり』）季語＝鶴（冬）

19日

冬空や猫塀づたひどこへもゆける　波多野爽波

昭和三〇年代までの都会では何処でも、猫は飼猫と野良とを問わず、掲句のような自由気儘な生活を謳歌していた。東京オリンピックの頃から増え始めたマンションが事情を一変させ、いまや高層暮らしの猫は、空を仰ぐのにもベランダに出るのがせいぜい。運動不足や過食による肥満や糖尿病が問題になり、季語「猫の恋」につきものの鳴声も、近所からクレームがつくご時世。（『舗道の花』）季語＝冬の空（冬）

20日

祝ぎ事の夜更けに狐啼きにけり　山本洋子

狐は、日本列島に棲む獣のなかでも、特に私たちが親しんできたものの一つだ。書物では平安初期の『日本霊異記』に初めて登場するが、すでに人と狐の婚姻の悲劇が繰り広げられる。男が野で出会った美女と結ばれて子も成したが、女は犬に正体を見破られて野に帰った。掲句も、婚姻の祝宴の真夜中に、花婿と以前、契りを交わした狐が、男の心変わりを恨んで啼いたとも思える。（『稲の花』）季語＝狐（冬）

21日

凩や馬現れて海の上　松澤　昭

木の葉を吹き散らす凩とともに、本格的な冬がやって来る。言水の「凩の果はありけり海の音」や山口誓子の「海に出て木枯帰るところなし」によって、この風の終焉は海原であることが共通認識となっているが、掲句を読むと生誕もまた海の上。海面に生まれた風が、何頭もの巨大な馬の姿となり、荒波を伴なって、陸へ向かって疾駆する。馬の群を御しているものこそ、不可視の冬将軍。（『神立』）季語＝凩（冬）

22日

山鳩よ見ればまはりに雪がふる　高屋窓秋

キジバトは、山鳩の別名をもつように、以前は山間でしか目にすることがなかった。都会でも見られるようになったのは、一九六〇年代の猟規制以降だという。山中で草の種でも啄ばんでいたのだろうか。あるいは今、地上に飛び降りてきたのかもしれない。「デデッポッポー」という懐かしさを帯びた鳴声に誘われたかのように、雪片がちらちら舞い始めた。山に本格的な冬の到来。（『白い夏野』）季語＝雪（冬）

23日

土堤を外れ枯野の犬となりゆけり　山口誓子

散歩の引き綱から解き放ったのだろう。嬉々として枯野を疾駆してゆく犬。土堤は建造物で人間の支配地内だが、野は完璧なる自然の領域。縄文考古学者の小林達雄は、原風景として、社会的人工空間であるムラと、人間が食料や資材を得ることを許された自然空間であるハラとの対比を唱えた。狼から家畜化されてハラからムラへやってきた犬の、太古の血の歓喜が感じ取れる。（『遠星』）季語＝枯野（冬）

24日

天文や大食《タージ》の天の鷹を馴らし　加藤郁乎

「大食」は、唐宋時代の中国でのムスリムの呼称。ギリシャ文明の学問世界を受け継いだのは、中世ヨーロッパではなくイスラム帝国だといわれるように、天文学も、この地ですばらしい発展を遂げた。また鷹狩も、イスラム世界では古来盛んだったが、掲句の言葉の連なりからは、大食で獰猛なブラックホールのような天の存在を手なずけて、僕《しもべ》として使役する雄大な幻影も顕ってくる。（『球体感覚』）季語＝鷹（冬）

25日

太き尻ざぶんと鴨の降りにけり　阿波野青畝

昔話の「鴨とりごんべえ」や諺の「鴨が葱を背負ってくる」からも分かるように、古来、鴨の肉は寒い冬の時期の脂の乗った美味として愛されてきた。群をなして渡ってくるので、大量に獲ることもできた。現在でも、狩猟解禁を心待ちにしている鴨撃ちは全国にたくさん居る。「ざぶん」というオノマトペから鴨の豊かな肉づきが感じられ、口の中に唾がわいてくる。
（『旅塵を払ふ』）季語＝鴨（冬）

26日

鴨撃たる吾が生身灼き奔りしもの　橋本多佳子

前日の句とは打って変わって、撃たれた鴨と己が身を同一視した鮮烈な作品。発砲の瞬間の音は凄まじい。轟音とともに鴨が斃れる。一発で命が消し飛んでゆく。その音が耳をつんざいて、身の裡を灼熱の炎となって奔る。そこには、他の存在の命を奪うことへの畏れと歓びが、同時に強烈に存在している。このような官能性は、女性のほうが、より多く有しているのではないだろうか。（『海彦』）季語＝鴨（冬）

27日

爛々と虎の眼に降る落葉　富澤赤黄男

トラは白虎として四神の一つともなり、「竜虎相搏つ」や「虎の尾を踏む」「虎を野に放つ」等、畏怖すべき獣の代表ともいえる。「虎視眈々」の表現もあるように、その眼差しは勁い。だが動物園に囚われ、獲物を狙うこともかなわずに腹這うトラの双眸は、輝きはあるものの無聊に物憂い。かえって、厳しい冬を越えるために落ち尽くさねばならない木の葉の方が、より強い精気を発している。（『定本・富澤赤黄男句集』）季語＝落葉（冬）

28日

百合鷗少年をさし出しにゆく　飯島晴子

都鳥と百合鷗は、季語の上では同じ種類の鳥を指すが、字面の印象はまったく違う。都鳥が在原業平を初めとする日本古来の伝統をもたらすのに対し、百合鷗には西欧ロマンティシズムの香りがある。その結果、この少年は、アブラハムによる息子イサクの燔祭や、牛頭人身のミノタウロスへの生け贄、あるいは『仮面の告白』に描かれた殉教する聖セバスチャンの相貌を帯びてくる。（『朱田』）季語＝都鳥（冬）

29日

うつくしきあぎととあへり能登時雨　飴山　實

松本清張の『ゼロの焦点』が出版されたのは昭和三四年で、才色兼備の犯人が死を選ぶ舞台となった能登金剛は、以後、観光客が急増したという。その頃の北陸の女性は冬には皆、角巻をまとっていたことだろう。うら淋しい時雨が降る中、角巻をすっぽりと被った女とすれ違ったときに、うつむきかげんの横顔から顎の線が白い鋭角となって目に飛び込んできた。しなやかな一頭の獣。（『少長集』）季語＝時雨（冬）

30日

黄道を先行くここち鶺鴒《みそさざい》　和田悟朗

鷦鷯は、ちっちゃな姿にもかかわらず、張のあるよく徹る声で長く鳴き続ける。素早い細々《こまごま》とした動きやピッと上げた短い尾も印象的だ。黄道には、太陽が運行するように見える天球上の大円と、陰陽道で何をするにも吉という日と、二つの意味があるが、太陽の進む前をちょこまかと鷦鷯が先導すると考えても楽しいし、たまたま鳴声を耳にすれば、その日一日が佳き日と化す感じもある。（『現』）季語＝鷦鷯（冬）

十二月

1日

レグホン千の共同不安冬の雲　今井聖

卵が安く手に入るようになったのは、随分前のことだ。その昔は病人のお見舞いに使われたほど、貴重品だった。庭先の放し飼いや鶏舎内の平飼いが一般的だったのが、ケージに入れて飼う大量飼育が確立されて、一挙に値が下がったわけだが、今では小規模でも数万羽、大きい所は数十万羽が飼われているという。養鶏場に一羽でも鳥インフルエンザが出れば、全員が殺される運命。（「俳句研究」）季語＝冬の雲（冬）

2日

ぶらいんどおろして長須鯨をまつ　阿部完市

今まで地球に棲息した、どんな動物も、巨大恐竜でさえも、白長須鯨の大きさにはかなわない。預言者ながら神に反抗したヨナが三日三晩過ごしたのも、ゼペット爺さんが舟ごと呑み込まれ、ピノキオと再会するまで暮らしていたのも、鯨の体内。ブラインドを下ろし、外界と隔絶した部屋で、息を潜めて待つ。そのうちきっと、メルヴィルが「たおやかな歓喜」と描写した鯨が姿を現す。（『地動説』）季語＝鯨（冬）

3日

虚空にてかすかに鳴りし鷹の腹　桂　信子

鷹や鷲などの猛禽類が生き難いのは、活き餌しか口にしないからだ。日に一度は、小動物を獲らなければならないが、冬眠に入るものもいる冬は、狩の成功率は低い。もう、どのくらい食べていない日が続いているだろうか。萩原朔太郎の「蛸」は、忘れられた水槽の中で己が身を喰らい尽くすが、広大な空に飛翔中の鷹には、それも叶わない。虚空はすでに彼の世の相貌を帯び始めている。（『樹影』）季語＝鷹（冬）

4日

熊の出た話わるいけど愉快　宇多喜代子

この句を読んだ私たちも、思わず愉快になる。狩猟採集経済が一万年も続いた縄文時代から、現代のマタギの世界に至るまで、熊は最高の狩の対象。獲るときには尊敬の思いを込めた祈りを捧げ、日頃は里山を中間地帯にして生活を住み分けてきた。山菜も茸も、遡ってくる鮭も、双方が分け合った自然の恵みだった。熊が出てきた話を耳にすると、仲間として親しんできた気持が甦るのだ。（『象』）季語＝熊（冬）

5日

一日の終はり水鳥はなやかに

浦川聡子

まだ薄明かりが残っているくらいの夕刻、ちょっと足を伸ばして池まで行ってみる。もう様々な水鳥が渡ってきていて、水面を覆っている。何羽かは、頭を水に突っ込んで食餌を漁っている。夕映の残照に、翼鏡の緑や青、紫がちらちらと煌く。一羽が鳴き出すと仲間が呼応し、別の種類の群も声を挙げる。来て、よかった。しっとりと華やかな空間に、とても豊かな思いになれた。(『水の宅急便』) 季語＝水鳥(冬)

6日

灰色の象のかたちを見にゆかん

津沢マサ子

象は、以前は幾多の種類に分かれ、南極とオーストラリア以外の全ての大陸に分布を拡げたが、現在はアジア象とアフリカ象の二種が残るのみで、種として絶滅へ向かっていると考えられている。そのせいか、今まで幾度も象を目にしているのに、その形を思い浮かべようとすると、茫漠としてくる。大きいのに、いつも視線に留めていなければ消え失せてしまうような不安感が、象にはある。(『楕円の書』) 無季

7日

鶴啼くやわが身のこゑと思ふまで

鍵和田秞子

「鶴の一声」という成句があるくらい、その鳴声は迫力がある。北海道の鶴居村の給餌場には丹頂鶴が、真冬の最盛期には何百羽も集まってくる。雄のコーッという、まさに辺りを震撼させるような高声は、こちらの身の芯を貫く。目を閉じて、鶴が次々鳴き交わす世界に没入すると、存在しているのは声と自分だけのような心持になって、終いには何処から声が生じているのか分からなくなる。（『武蔵野』）季語＝鶴（冬）

8日

馬の目に雪ふり湾をひたぬらす

佐藤鬼房

海水が湛えられている湾は、すでに濡れている状態なのだが、雪という、それ自体が溶けて水となるものと一体になることによって、さらに深く「濡れ」てゆく。雪が一湾を静かに犯す。もともと水分で潤っている馬の目にもまた、雪が降りこみ、涙と化して濡らす。湾には一艘の船もなく、馬もじっと立ったまま動かない。天空に雪片が限りなく湧き、落ち続けて世界を密閉してゆく。（『海溝』）季語＝雪（冬）

9日

鷺の嘴《はし》すとんと落す冬の川　黒田杏子

冷えびえとした冬日の下、一羽の鷺が川に立っている。すらりと伸びた首、純白の羽毛、漆黒の細い脚。彫刻のように凝然と立っている。時間が経過しても静止の姿は変わらない。さらに時がたつ。と、眼が一瞬サッと動いたかと思うと首を下げ、嘴の黒い直線が、すとんと水面を刺した。餌になるものを見つけたのだろう。「すとん」の表現で、鷺の動きの素早さが臨場感を持って伝わる。（『一木一草』）季語＝冬の川（冬）

10日

枯山に鳥突きあたる夢の後　藤田湘子

例えば三島由紀夫を想う。自滅によってしか全うできない夢というものがある。近松が描き出した世話物の登場人物は、あの世で恋を成就させるために死んでゆくのだが、掲句の夢は成就するのではない。夢を夢として留めておくために、自滅しなければならないのだ。大空を飛翔できる翼を持っているからこそ、翼を無と化すことが必要となる。虚無を糧とする近代が要請する、魔の夢。（『狩人』）季語＝冬の山（冬）

11日

猟銃音散るは雪光と見たるのみ

鷲谷七菜子

銃は何かを殺すために使われる。肉食獣に狩られる一方だった人類は、武器となる道具を見出して以来、鳥獣を、人間を、殺し続けてきた。今もまた、一発の銃声が聞こえた。枝に居た鳥を狙ったのだろう。枝に弾が当たった衝撃で、積もっていた雪が散らばり落ち、日の光にきらきらと輝く。でも、落ちてくるのは雪だけ。獲物は飛び立って、どうやら無事に逃げおおせたようだ。（『銃身』）季語＝猟（冬）

12日

白鳥の頸ほどけきてかうと啼く

市川　葉

白鳥はとても優美な存在だが、首はうねうねと長く、そこだけを見ると、かなり気持がわるい。休んでいる時などは、蛇がとぐろを巻くように首を輪の形にぐにゃりと曲げて、畳んだ翼の上に置いている。ある瞬間、輪がほどけたかと思うと、白い首がすっとまっすぐに立ち上がり、よく響く声で鳴いた。さっきまでのちょっとグロテスクな姿とは打って変わり、上品で威厳のある女王の美。（『楪』）季語＝白鳥（冬）

13日

食べて寝ていつか死ぬ象冬青空　神野紗希

鳥も獣も動物は皆、餌を漁り、眠りを取り、日々それを繰り返して死んでゆく。普段は知識に留まっているそのサイクルが、動物園では囚われの動物が人間の管理下に置かれることで露わになる。動物の生と死が、見渡せる現実になる。象のように巨大で物静かな生きものの場合は、とりわけ無常観が伝わる。私たちも同じように、食べて寝て死んでゆくことが、しみじみと身に沁みるのだ。（『光まみれの蜂』）季語＝冬の空（冬）

14日

海くれて鴨のこゑほのかに白し　芭蕉

天才詩人と呼ばれるランボーは、「母音」と題する詩で「Aは黒、Eは白」というように音と色との共感覚を詠いあげた。芭蕉の掲句も、鴨の鳴声を「仄かなる白」と感じている。二百年後に生きたフランスの詩人と、時代を超えて共鳴しているわけだが、夕暮の海という現実の景と、鴨という生きものの声を詠んだ芭蕉の作品に、より「あはれ」を感じるのは、私たちが日本人だからだろう。（『野ざらし紀行』）季語＝鴨（冬）

15日

毛布にてわが子二頭を捕鯨せり　辻田克巳

朝、起き掛けの景だろうか、夜の、すでに敷いてある蒲団の上で遊んでいるのだろうか。どちらにしても、毛布で幼子をくるんで「そら、捕まえたぞ」と声を挙げる、若々しい父親の姿が見えてくる。「鯨」の語から、童子の、手足が未だ短く、ぷっくりした体つきも感じられる。そういえば、幼い頃は蒲団がとても広く思えて、毛布の中に潜ったりすると、まるで海の中にいるようだった。（『明眸』）季語＝毛布（冬）

16日

わが骨を見てゐる鷹と思ひけり　秋元不死男

オオタカは鷹狩に使われたことからも分かるように、一度狙った対象を決してあきらめず、執拗に追いかけるという。枝に止まっていたのか、檻の中か、作者は鷹の鋭い視線を感じた。人間を、おのが身を養う糧として見詰めている眼差しである。獲物への渇望が放つ、あまりにも勁い眼光は、肉の内側の不可視の骨にまで達するかのようだ。肉が貪られ、むき出しになった骨が白々と輝く。（『甘露集』）季語＝鷹（冬）

17日

岳《たけ》神楽見えぬ大蛇をめつた切り

小林貴子

岳神楽は、岩手の霊峰・早池峰《はやちね》山麓に伝わる早池峰神楽の一つ。五百年以上の伝統を持ち、元は農閑期を利用して村の各戸を廻り、演じられたという。舞納めは毎年、十二月十七日。勇壮な舞が特長で、特に悪霊退散のためといわれる荒舞は動きが激しい。元来、畏怖すべき神は人に姿を見せないものだが、めった切りの動作によって、太古の荒ぶる神である大蛇の姿がありありと浮かぶ。(『紅娘』) 季語=神楽(冬)

18日

雪の日に倦みて鸚鵡《おうむ》のものまねび

筑紫磐井

オウムの仲間は南半球にしか棲息していないのに、すでに『日本書紀』に天皇に鸚鵡を奉った旨の記事があるのは、言葉をしゃべることが出来る性質が珍重されて、古くから飼われてきたからだろう。かのドリトル先生も、動物語をオウムのポリネシアから学んだ。南が母郷のオウムは寒さが苦手。毎日続く雪が、ほとほといやになって、いつもは楽しげな人間の口真似にも、どこか倦怠感が漂う。(『野干』) 季語=雪(冬)

19日

水底を見て来た顔の小鴨かな　丈草

コガモは、日本のカモ類の中で最小のひとつ。ドナルドダック型の通常のカモの顔と異なり、丸い小顔で愛らしい。目元が太いアイラインのような深緑色の帯に囲まれているので、眼がぱっちりと見える。水の底を眺めて来て驚いている顔なのだろうか。水底に何があったのか、聞いてみたい気がする。琵琶湖畔の義仲寺の無名庵に住んだ丈草にとって、水鳥たちは、とても親しい友達であったろう。（『猿蓑』）季語＝鴨（冬）

20日

月下の猫ひらりと明日は寒からむ　藤田湘子

鋭利な月光の下、一瞬、白猫《はくみょう》が身を躍らせる。月の光が化したかのような、しなやかに白い肢体が、ひらりと闇に吸い込まれる。次の瞬間には雪女となって現れてくるかもしれない。泉鏡花の小説の一場面を思わせる、妖しくも美しい世界。夢見心地で佇んでいると、風が急に強く吹きつけ、はっと我に帰る。明日の朝は一層、寒さが増すに違いない。あの猫が寒気を連れてくるのだ。（『雲の流域』）季語＝寒し（冬）

21日

着膨れてなんだかめんどりの気分

正木ゆう子

女性がスカートを穿いて重ね着をすると、上半身だけがふくらみ、細い両足が突き出て、形のうえからもニワトリめいてくる。用事を済ませるために歩き出したら、着膨れが重たくて、体が、いつものようにすいすい前へ行かない。コッコ、コッコと鳴きながら体を揺すって進むめんどりのように、一歩一歩、前後に揺れる。ヒヨコたちを呼び集めてでもいるみたい。（『悠　HARUKA』）季語＝着ぶくれ（冬）

22日

縄とびの寒暮いたみし馬車通る

佐藤鬼房

生活のなかに馬車が走っていた頃の、まだ貧しかった日本。しかも近代になって、明日の豊かさを切に希求するようになった日本。古ぼけて、あちこちガタピシする馬車が、縄跳の少女の横を通り過ぎてゆく。凍てつくような寒さ。パシッパシッと地を搏つ縄跳の音が、よけいに寒さを募らせる。心の底まで冰《こお》る光景のなか、頬を紅潮させて弾み跳ぶ少女の姿が、一抹の希望を伝えてくれる。（『夜の崖』）季語＝冬の暮（冬）

23日

闘うて鷹のゑぐりし深雪なり　村越化石

何者と闘ったのだろうか。鷹は鴉を狙うことも多く、NHKの「ダーウィンが来た」の放映のように、水中に押さえつけて溺死させたりもする。鴉の方でも用心して、大勢で鷹を追っ払おうと試みる。それも闘いだが、あまりインパクトがない。高村光雲の「老猿」は、襲ってきた鷲と格闘し、撃退した後の姿が、息遣いまで感じられるほど生々しかった。相手にはあのぐらいの迫力が欲しい。（『山國抄』）季語＝雪（冬）

24日

雪兎きぬずれを世にのこしたる　宇佐美魚目

雪兎は雪ダルマと違って、とても可憐。雪ダルマは、ある程度の大きさがないと様にならないが、雪兎は最大でも三〇センチくらい。真っ白な背の曲線が嫋《たお》やかだ。仕上げには南天を使い、目は真赤な実、耳は真緑の葉。表面がすこし緩くなってきて、耳や目が落ちたりするのも、いじらしい。溶けてゆくときの、あの幽《かそ》けき音は衣擦れだったのかと、もうこの世に居なくなってから気付く。（『紅爐抄』）季語＝雪兎（冬）

25日

氷原に鷲来て吾の生身欲る　津田清子

美少年ガニュメデスは、大神ゼウスが姿を変えた鷲に拐《かどわか》され、オリンポスの神々の宮殿で不死の酒ネクタルの給仕にされた。奈良時代に鑑真と共に大僧都に任ぜられた良弁《ろうべん》も、幼い頃、野良で鷲に攫われ、東大寺の高僧・義淵に助けられたと伝わる。氷原に降り立った鷲は、眼の前の存在を、はるかな異世界に連れ去ろうとしているのか。あるいは純粋に餌の生肉として凝視しているのか。（『縦走』）季語＝氷海（冬）

26日

逆鱗をときに鳴らして冬ごもり　長谷川　櫂

作者の自画像とも、淵に潜んだ竜の冬の有様とも取れる。わが国の場合、竜の概念が中国からもたらされる以前は、水の主《ぬし》たる座は蛇が占めていたので、両者の境界は未だに曖昧だ。大蛇にも逆鱗を鳴らす資格は充分にある。陸上で、水底で、あるいは地底で生じる、対象を滅ぼさねば止まぬほどの憤怒。冬籠りの無音界に響きわたる逆鱗の音は、来るべき嵐の予兆。（『鷲』）季語＝冬籠（冬）

27日

高熱の鶴青空に漂へり　日野草城

高温の物体は各波長の光が混ざり合い、太陽光のような無色の光を発する。高熱に身を灼く鶴も、光の結晶体となって、ただ眩しく白い。羽搏つたびに光の波がゆらゆらと揺れ、真青な空からは一層の熱が伝わり、鶴を苛む。もはや上昇する力は残されていない。鶴女房の昔話を伝えてきた私たちには、布を織るために羽を抜き、息も絶え絶えの姿となって空へ消えゆく光景にも思えてくる。（『人生の午後』）季語＝鶴（冬）

28日

雪に来て見事な鳥のだまり居る　原石鼎

小鳥には、美麗な色彩を持つものがかなり居るが、真っ白な雪によく映えるのは、尉鶲《じょうびたき》・緋連雀・紅猿子《べにましこ》などの赤系統の鳥だ。美しい小鳥がどこからともなく飛んできて、一声も発せずに雪の上にじっとしている。でも、なんとなく、告げたいことがあるのに黙っている風情に思える。本当は、魔法使いに姿を変えられて声を奪われた、アラビアン・ナイトのお姫様かもしれない。（『花影』）季語＝雪（冬）

29日

北溟ニ魚アリ盲ヒ死齢越ユ　佐藤鬼房

世界の北の果てに、モービーディックより遥かに巨大な盲《めしい》の魚が、どろりと横たわる。本来なら、何千里もの大きさの鯤《こん》という魚は、やはり何千里もの大きさの鵬という鳥となり、南の天の池めざして悠々と飛んでいくはずだ。だが掲句では、無名の魚は盲目で動けず、死すべき齢を超えても徒《いたずら》に生き永らえている。宏大な空間と永遠の時間が、世界を密閉することにしか向かわず、虚無が充ちる。（『枯峠』）無季

30日

むらぎもの色に燃えけり古暦　高橋睦郎

一年間、使い続けた暦。家族みんなの予定も書き入れてある。夜となく昼となく、共に暮らしている人たちが、様々な感情を抱いて暦の数字を見やった。その日々の眼差と共に、移し絵のように感情が転写され、寄り合わさり、とぐろを巻いて溜り、暦自体のこころと化していった。今、燃え盛る炎のなかで、もっとも深い紅《くれない》を閃かせているのは、あれはほら、暦自身のこころの群肝《むらぎも》。（『荒童鈔』）季語＝古暦（冬）

31日

除夜の妻白鳥のごと湯浴みをり

森　澄雄

湯浴みする夫人の、本来の姿こそ白鳥なのかもしれない。わが国では様々な鳥・獣が人に姿を変え、人間世界にやってくる。山幸彦の妻となった、海神の娘・豊玉姫の正体は巨大な鰐鮫であった。本当の姿を垣間見てしまうことは、破局を招くタブーなのだが、除夜という、鐘の音によって旧い世界がきれいに取り消される特別の時間帯だからこそ許され、むしろ幸いをもたらすに違いない。（『雪櫟』）　季語＝年の夜（冬）

季語索引

青蘆［あおあし］（夏）……107
青鷺［あおさぎ］（夏）……120
青葉木菟［あおばずく］（夏）……102
秋［あき］（秋）……144・187・190
秋風［あきかぜ］（秋）……145・153・159・170・173・176
秋草［あきくさ］（秋）……172
秋の海［あきのうみ］（秋）……147
秋の暮［あきのくれ］（秋）……191
秋日［あきび］（秋）……180
鯵刺［あじさし］（夏）……127
汗［あせ］（夏）……137
暖か［あたたか］（春）……44・47
花鶏［あとり］（秋）……178
穴惑［あなまどい］（秋）……169・171
油照［あぶらでり］（夏）……129
天の川［あまのがわ］（秋）……163
余り苗［あまりなえ］（夏）……93
虎杖［いたどり］（春）……38
凍鶴［いてづる］（冬）……21
猪［いのしし］（秋）……191
芋虫［いもむし］（秋）……162
色鳥［いろどり］（秋）……183
岩ひばり［いわひばり］（夏）……127
鵜［う］（夏）……117
鵜飼［うかい］（夏）……104・108
鶯［うぐいす］（春）……50・52・73
蛆［うじ］（夏）……120
薄氷［うすらい］（春）……27・34
うりずん［うりずん］（春）……71
鱝［えい］（夏）……136
遠足［えんそく］（春）……69
炎昼［えんちゅう］（夏）……122・133
炎天［えんてん］（夏）……126
狼［おおかみ］（冬）……12
大瑠璃［おおるり］（夏）……89
落葉［おちば］（冬）……200
朧［おぼろ］（春）……74
蛙［かえる］（春）……43・55
神楽［かぐら］（冬）……213
河鹿［かじか］（夏）……92
霞［かすみ］（春）……51
郭公［かっこう］（夏）……101・104
蝌蚪［かと］（春）……50・54・64・70・72
亀鳴く［かめなく］（春）……37
亀の子［かめのこ］（夏）……85・109
鴨［かも］（冬）……14・199・211・214
狩［かり］（冬）……28
雁［かり］（秋）……165・174・177・179・181・184
雁帰る［かりかえる］（春）……46・49
雁渡し［かりわたし］（秋）……163
枯野［かれの］（冬）……198

翡翠「かわせみ」（夏）……90・97
寒明「かんあけ」（春）……26
寒鴉「かんがらす」（冬）……12・13
寒雁「かんがん」（冬）……26
寒禽「かんきん」（冬）……18
寒月「かんげつ」（冬）……16
元日「がんじつ」（新年）……7
鑑真忌「がんじんき」（夏）……81
カンナ「かんな」（秋）……143
寒凪「かんなぎ」（冬）……14
寒雷「かんらい」（冬）……25
甘藍「かんらん」（夏）……86
菊日和「きくびより」（秋）……177
雉子「きじ」（春）……33
帰省「きせい」（夏）……139
啄木鳥「きつつき」（秋）……190
狐「きつね」（冬）……196
騎馬始「きばはじめ」（新年）……9
着ぶくれ「きぶくれ」（冬）……215
牛馬冷す「ぎゅうばひやす」（夏）……135
霧「きり」（秋）……151
桐の実「きりのみ」（秋）……181
鯨「くじら」（冬）……10・193・205
熊「くま」（冬）……206
胡桃「くるみ」（秋）……187
啓蟄「けいちつ」（春）……34
今朝の春「けさのはる」（新年）……9
原爆忌「げんばくき」（夏）……137
鯉幟「こいのぼり」（夏）……80
蝙蝠「こうもり」（夏）……110
紅葉「こうよう」（秋）……189
蟋蟀「こおろぎ」（秋）……160
五月「ごがつ」（夏）……85
凩「こがらし」（冬）……194・197
木下闇「こしたやみ」（夏）……100
去年今年「こぞことし」（新年）……7
小鳥「ことり」（秋）……159・162・179
駒鳥「こまどり」（夏）……86
更衣「ころもがえ」（夏）……94
囀「さえずり」（春）……49・51・66・75
桜「さくら」（春）……64・65
石榴「ざくろ」（秋）……146
笹子「ささご」（冬）……21
寒し「さむし」（冬）……214
三光鳥「さんこうちょう」（夏）……106
山椒魚「さんしょううお」（夏）……121
三伏「さんぷく」（夏）……134
鹿「しか」（秋）……145・173
鹿の子「しかのこ」（夏）……82
時雨「しぐれ」（冬）……194・201
終戦記念日「しゅうせんきねんび」（秋）……140
春潮「しゅんちょう」（春）……57
白鷺「しらさぎ」（夏）……124
新涼「しんりょう」（秋）……151
芒「すすき」（秋）……175
涼し「すずし」（夏）……138
雀の子「すずめのこ」（春）……72
巣立鳥「すだちどり」（春）……69
雪渓「せっけい」（夏）……109
鷹「たか」（冬）……11・18・192・198・206・212

鷹の巣［たかのす］（春）……61
鷹渡る［たかわたる］（秋）……170・175
竹の秋［たけのあき］（春）……54
蝶［ちょう］（春）……53
月［つき］（秋）……144・148
月の兎［つきのうさぎ］（秋）……164
鶫［つぐみ］（秋）……188
筒鳥［つつどり］（夏）……105
椿［つばき］（春）……30
燕［つばめ］（春）……55・67
燕帰る［つばめかえる］（秋）……156・158
燕の子［つばめのこ］（夏）……84・93
露［つゆ］（秋）……142・156・161
鶴［つる］（冬）……195・208・218
闘鶏［とうけい］（春）……31・62
冬眠［とうみん］（冬）……19
蟷螂［とうろう］（秋）……152
蜥蜴［とかげ］（夏）……107・117
登山［とざん］（夏）……116・141
年の夜［としのよ］（冬）……220
鳥羽僧正忌［とばそうじょうき］（秋）……158
鳥帰る［とりかえる］（春）……44
鳥交る［とりさかる］（春）……62
鳥の巣［とりのす］（春）……63
鳥渡る［とりわたる］（秋）……176
夏［なつ］（夏）……130
夏空［なつぞら］（夏）……134
夏野［なつの］（夏）……119
夏の蝶［なつのちょう］（夏）……111
夏の闇［なつのやみ］（夏）……110
虹［にじ］（夏）……115
猫の子［ねこのこ］（春）……43
猫の恋［ねこのこい］（春）……31・35
残る虫［のこるむし］（秋）……174
長閑［のどか］（春）……63
萩［はぎ］（秋）……155
白鳥［はくちょう］（冬）……10・210
白鳥帰る［はくちょうかえる］（春）……56
白梅［はくばい］（春）……28
はこべ［はこべ］（春）……79
八月［はちがつ］（秋）……141・143
初声［はつこえ］（新年）……8
初夏［はつなつ］（夏）……87
初音［はつね］（春）……29
花曇［はなぐもり］（春）……66・67
羽抜鳥［はぬけどり］（夏）……98
春［はる］（春）……36・46
春隣［はるとなり］（冬）……25
春の雁［はるのかり］（春）……52
春の鹿［はるのしか］（春）……39
春の月［はるのつき］（春）……48
春の鳥［はるのとり］（春）……57・61
春の鵙［はるのもず］（春）……36
春の山［はるのやま］（春）……38・79
春日［はるび］（春）……73
万緑［ばんりょく］（夏）……108
蟇［ひきがえる］（夏）……92・99・100・103・115・118・128
引鶴［ひきづる］（春）……30・33・45
日盛［ひざかり］（夏）……97

鶲［ひたき］（秋）……189
旱［ひでり］（夏）……128
旱雲［ひでりぐも］（夏）……133
日永［ひなが］（春）……70
雲雀［ひばり］（春）……47・56・65・68
冷やか［ひややか］（秋）……182
雹［ひょう］（夏）……122
氷海［ひょうかい］（冬）……217
緋連雀［ひれんじゃく］（秋）……183
梟［ふくろう］（冬）……17・193
ふくろうの子［ふくろうのこ］（夏）……74
袋角［ふくろづの］（夏）……88
冬［ふゆ］（冬）……13・195
冬籠［ふゆごもり］（冬）……217
冬隣［ふゆどなり］（秋）……188
冬の川［ふゆのかわ］（冬）……209
冬の雲［ふゆのくも］（冬）……205
冬の暮［ふゆのくれ］（冬）……215
冬の空［ふゆのそら］（冬）……196・211
冬の山［ふゆのやま］（冬）……209
古暦［ふるごよみ］（冬）……219
蛇［へび］（夏）……87・91・98・102・111・119・123・125・129・136
蛇穴を出づ［へびあなをいづ］（春）……32
蛇の衣［へびのきぬ］（夏）……106
星月夜［ほしづきよ］（秋）……147
蛍［ほたる］（夏）……105
牡丹［ぼたん］（夏）……84・89
牡丹雪［ぼたんゆき］（春）……32
時鳥［ほととぎす］（夏）……83・90・91・99
盆［ぼん］（秋）……140
祭［まつり］（夏）……82
短夜［みじかよ］（夏）……103・125
水鳥［みずとり］（冬）……207
水温む［みずぬるむ］（春）……45
鷦鷯［みそさざい］（冬）……201
都鳥［みやこどり］（冬）……200
虫［むし］（秋）……154
毛布［もうふ］（冬）……212
鵙［もず］（秋）……142・154・157・171・180
餅花［もちばな］（新年）……8
百千鳥［ももちどり］（春）……68
桃の花［もものはな］（春）……53
灼くる［やくる］（夏）……126
夜食［やしょく］（秋）……182
やませ［やませ］（夏）……118
守宮［やもり］（夏）……88
夕顔［ゆうがお］（夏）……123
雪［ゆき］（冬）……15・17・20・197・208・213・216・218
雪兎［ゆきうさぎ］（冬）……216
雪晴［ゆきばれ］（冬）……22
行く春［ゆくはる］（春）……80
夜鷹［よたか］（夏）……124
嫁が君［よめがきみ］（新年）……8
夜の秋［よるのあき］（夏）……139
立夏［りっか］（夏）……81
立春［りっしゅん］（春）……27
龍の玉［りゅうのたま］（冬）……16
猟［りょう］（冬）……210
良夜［りょうや］（秋）……165

零下［れいか］（冬）……15
老鶯［ろうおう］（夏）……116・121
鷲［わし］（冬）……11
渡り鳥［わたりどり］（秋）……160・161・164・169・172
蕨［わらび］（春）……37
無季
……19・20・29・35・48・58・71・75・83・101・135・138・146・153・155・157・178・192・207・219

作者索引

赤尾兜子〔あかお・とうし〕……91
秋元不死男〔あきもと・ふじお〕……135・169・212
安住　敦〔あずみ・あつし〕……184
阿部完市〔あべ・かんいち〕……157・205
阿部みどり女〔あべ・みどりじょ〕……155・176
飴山　實〔あめやま・みのる〕……201
有馬朗人〔ありま・あきと〕……7
有馬ひろこ〔ありま・ひろこ〕……100
阿波野青畝〔あわの・せいほ〕……30・119・169・183・199
飯島晴子〔いいじま・はるこ〕……52・121・148・171・178・200
飯田蛇笏〔いいだ・だこつ〕……26・92・134・158
飯田龍太〔いいだ・りゅうた〕……61・68・82・182
池田澄子〔いけだ・すみこ〕……62・140
石川桂郎〔いしかわ・けいろう〕……37
石田郷子〔いしだ・きょうこ〕……66
石田三省〔いしだ・さんせい〕……15
石田波郷〔いしだ・はきょう〕……79・80・104・170・174・180・187
石橋秀野〔いしばし・ひでの〕……151
市川　葉〔いちかわ・よう〕……210
伊藤通明〔いとう・みちあき〕……163
茨木和生〔いばらき・かずお〕……8
今井　聖〔いまい・せい〕……205
今瀬剛一〔いませ・ごういち〕……10
上田五千石〔うえだ・ごせんごく〕……172
宇佐美魚目〔うさみ・ぎょもく〕……15・216
臼田亜浪〔うすだ・あろう〕……101
宇多喜代子〔うだ・きよこ〕……93・109・141・192・206
浦川聡子〔うらかわ・さとこ〕……207
榎本好宏〔えのもと・よしひろ〕……45
尾池和夫〔おいけ・かずお〕……108
大石悦子〔おおいし・えつこ〕……115
大木あまり〔おおき・あまり〕……98・144
大串　章〔おおぐし・あきら〕……36・117・125
大高　翔〔おおたか・しょう〕……175
太田土男〔おおた・つちお〕……63
大峯あきら〔おおみね・あきら〕……54・94
大屋達治〔おおや・たつはる〕……16
岡本　眸〔おかもと・ひとみ〕……16
小川軽舟〔おがわ・けいしゅう〕……68・124・161
小澤　實〔おざわ・みのる〕……13・74・84
折笠美秋〔おりかさ・びしゅう〕……155
櫂未知子〔かい・みちこ〕……194
柿本多映〔かきもと・たえ〕……44・138
鍵和田秞子〔かぎわだ・ゆうこ〕……208
角谷昌子〔かくたに・まさこ〕……151
片山由美子〔かたやま・ゆみこ〕……56
桂　信子〔かつら・のぶこ〕……17・206

棚山波朗［たなやま・はろう］……124
千代田葛彦［ちよだ・くずひこ］……86
筑紫磐井［つくし・ばんせい］……213
津沢マサ子［つざわ・まさこ］……207
辻田克巳［つじた・かつみ］……212
対馬康子［つしま・やすこ］……33
辻美奈子［つじ・みなこ］……125
辻　桃子［つじ・ももこ］……73
津田清子［つだ・きよこ］……217
坪内稔典［つぼうち・ねんてん］……32
寺井谷子［てらい・たにこ］……89
寺田京子［てらだ・きょうこ］……11
寺山修司［てらやま・しゅうじ］……19・85
土肥あき子［どい・あきこ］……45
富澤赤黄男［とみざわ・かきお］……75・145・187・200
富安風生［とみやす・ふうせい］……126
友岡子郷［ともおか・しきょう］……22
豊長みのる［とよなが・みのる］……163
中岡毅雄［なかおか・たけお］……147
仲　寒蟬［なか・かんせん］……10
中嶋秀子［なかじま・ひでこ］……157
永田耕衣［ながた・こうい］……35・52
中田美子［なかた・よしこ］……134
中西夕紀［なかにし・ゆき］……25
中原道夫［なかはら・みちお］……38
中村草田男［なかむら・くさたお］……55・108・115・120・152
中村苑子［なかむら・そのこ］……175
中村汀女［なかむら・ていじょ］……66・103
中山玄彦［なかやま・くろひこ］……130
夏井いつき［なつい・いつき］……64
夏石番矢［なついし・ばんや］……67
名取里美［なとり・さとみ］……28
成田千空［なりた・せんくう］……37
鳴戸奈菜［なると・なな］……84・87・102
西村和子［にしむら・かずこ］……18
野澤節子［のざわ・せつこ］……34・62・133
野中亮介［のなか・りょうすけ］……69
野見山朱鳥［のみやま・あすか］……72・109
能村登四郎［のむら・としろう］……51・99・182
橋　閒石［はし・かんせき］……29
橋本榮治［はしもと・えいじ］……159
橋本鶏二［はしもと・けいじ］……36・61
橋本多佳子［はしもと・たかこ］……102・106・145・199
芭蕉［ばしょう］……8・43・91・104・173・173・190・211
長谷川櫂［はせがわ・かい］……11・110・217
長谷川双魚［はせがわ・そうぎょ］……72
波多野爽波［はたの・そうは］……21・38・63・196
八田木枯［はった・こがらし］……57・137・195
馬場移公子［ばば・いくこ］……181
原子公平［はらこ・こうへい］……133
原　石鼎［はら・せきてい］……67・218
日野草城［ひの・そうじょう］……218
廣瀬直人［ひろせ・なおと］……139・188
廣瀬町子［ひろせ・まちこ］……75
深見けんじ［ふかみ・けんじ］……49

福田甲子雄［ふくだ・きねお］……161
福田蓼汀［ふくだ・りょうてい］……127
福永耕二［ふくなが・こうじ］……160
藤木清子［ふじき・きよこ］……138
藤田湘子［ふじた・しょうし］……18・39・49・90・209・214
藤田まさ子［ふじた・まさこ］……141
蕪村［ぶそん］……83・120・162
文挟夫佐恵［ふばさみ・ふさえ］……82
星野石雀［ほしの・せきじゃく］……128
星野立子［ほしの・たつこ］……51・64・189
星野　椿［ほしの・つばき］……27
細見綾子［ほそみ・あやこ］……177
前田普羅［まえだ・ふら］……20・80
正岡子規［まさおか・しき］……31
正木浩一［まさき・こういち］……156
正木ゆう子［まさき・ゆうこ］……65・215
松澤　昭［まつざわ・あきら］……197
松村蒼石［まつむら・そうせき］……27
松本たかし［まつもと・たかし］……57
松本　翠［まつもと・みどり］……9
眞鍋呉夫［まなべ・くれお］……144
水原秋櫻子［みずはら・しゅうおうし］……89・190
三橋鷹女［みつはし・たかじょ］……26・122・178・189
三橋敏雄［みつはし・としお］……12・83・140・192
三村純也［みむら・じゅんや］……105
宮坂静生［みやさか・しずお］……176
村上鬼城［むらかみ・きじょう］……31
村越化石［むらこし・かせき］……216
本井　英［もとい・えい］……107
森賀まり［もりが・まり］……172
森　澄雄［もり・すみお］……165・220
矢島渚男［やじま・なぎさお］……53・81
安井浩司［やすい・こうじ］……20
山尾玉藻［やまお・たまも］……69
山上樹実雄［やまがみ・きみお］……30
山口誓子［やまぐち・せいし］……14・136・152・188・191・198
山口青邨［やまぐち・せいそん］……160
山下知津子［やました・ちづこ］……195
山田弘子［やまだ・ひろこ］……170
山田径子［やまだ・みちこ］……9
山田みづえ［やまだ・みづえ］……147
山西雅子［やまにし・まさこ］……162
山本洋子［やまもと・ようこ］……123・196
横山白虹［よこやま・はくこう］……181
吉田悦花［よしだ・えつか］……143
四ッ谷龍［よつや・りゅう］……46
嵐雪［らんせつ］……7
鷲谷七菜子［わしたに・ななこ］……210
和田耕三郎［わだ・こうざぶろう］……48
和田悟朗［わだ・ごろう］……33・201
渡辺誠一郎［わたなべ・せいいちろう］……193
渡邊白泉［わたなべ・はくせん］……143

あとがき

幼い頃、動物園と動物図鑑・昆虫図鑑は私の夢の宇宙でした。地球という星に溢れている、かくも多彩な命の在りようを目にするたび、心がふるえました。その後、夫が教えてくれたバード・ウォッチングを通じて、鳥たちも私の賛美の対象に加わりました。

生きものに対する感じ方は文化によって異なります。私たちの民話では、浄瑠璃や芝居でお馴染の「葛の葉」の狐女房を初め、蛇婿入り・猿婿入り・鶴女房・亀女房など、人は様々な鳥獣と親しい関係を結んできました。『古事記』や『日本書紀』に記された、初代の天皇とされる神武の祖母である豊玉姫の本体も、巨大な八尋鰐《やひろわに》です。その心根は現代にも通っており、最近のベストセラーで映画化もされた『陽だまりの彼女』も猫女房の話でした。

魂は神の似姿である人間にしかない、とするクリスチャンの文化では、このような鳥獣そのものとの異類婚は見当たらないそうです。グリム童話の「蛙の王様」も、蛙は、魔法にかけられた王子の変身の姿でした。

キリスト教系の学校で学んだ際に、どうしても受け入れ難かったのが、この人間特別視の考え方でした。鳥や獣、虫たちこそ地球の先輩で、人間は新参者のくせに威張っているとしか思えなかったのです。

偶然の機会から俳句を始めてみたら、そこには私が感じていた、生きとし生ける物みな平等の世界、「草木国土悉皆成仏」の宇宙観が、ごく当たり前のこととして浸透していたのです。「一日一句」の連載のお話があった時、迷わず「鳥獣の一句」を希望しました。束の間をこの星に生きて、いずれ滅んでいく仲間としての鳥・獣たちを親しく詠んだ作品を集めてみたかったのです。中には、幻想の生物や、山や海をも生命体として感じている作品も取り上げました。

この本が、鳥や動物に一層の関心を持っていただける機会になれば幸いです。

平成二十六年一月

奥坂まや

著者略歴

奥坂まや（おくざか・まや）

昭和25年　7月16日　東京生
　同61年　俳誌「鷹」入会、藤田湘子に師事
　同62年　鷹新人賞
平成元年　鷹俳句賞
　同６年　第一句集『列柱』上梓
　同７年　同句集で第18回俳人協会新人賞
　同17年　第二句集『縄文』上梓
　同23年　第三句集『妣の国』上梓
　　現在　鷹同人　俳人協会会員　日本文藝家協会会員
　　　　　ＮＨＫ文化センター光が丘教室・横浜ランドマーク教室講師　工学院大学オープンカレッジ講師

現住所　〒157－0062
東京都世田谷区南烏山2－31－31－111

発行　二〇一四年二月四日初版発行
著者　奥坂まや

発行人　山岡喜美子
発行所　ふらんす堂
〒182-0002東京都調布市仙川町一―一五―三八―2F
TEL（〇三）三三二六―九〇六一　FAX（〇三）三三二六―六九一九

鳥獣の一句　365日入門シリーズ

URL :http://furansudo.com/　E-mail :info@furansudo.com
装丁　君嶋真理子
印刷　三修紙工
製本　三修紙工
定価＝本体一七一四円＋税
ISBN978-4-7814-0618-3 C0095 ¥1714E